Trop parfaite !

hibouk

Gigliola Alvisi

Trop parfaite !

Traduit de l'italien par Françoise Liffran

LA JOIE DE LIRE

CHAPITRE PREMIER

Nous avons tous dans notre histoire un été qui a changé notre vie. C'est mon père qui me l'a dit, un jour que nous étions sur une plage, à bavarder tous les deux. Pour lui, ce fut l'été de ses seize ans, un jour qu'il admirait, le nez en l'air, un spectacle de la patrouille aérienne des *Flèches Tricolores*. Il décida alors de devenir pilote. Et il l'est vraiment devenu.

L'été qui a changé ma vie est celui qui vient de s'achever. Mais, me direz-vous, comment peux-tu en être sûre, à treize ans ? Peut-être que chaque été, pendant les dix prochaines années, tu penseras que celui-ci est vraiment l'été de ta vie. Oui, c'est vrai, mais quand j'aurai fini de tout vous raconter, vous serez d'accord avec moi, j'en suis sûre.

Mon été spécial, donc, commence le 10 juin. Comme pour tous les élèves italiens, c'est le dernier jour d'école, et pour moi celui de ma cinquième. Je rentre à la maison, contente que les vacances aient enfin commencé, et tout de suite je sens dans l'air quelque chose de bizarre. Maman et papa ont l'air comme d'habitude – ou plutôt comme dans les rares moments où ils sont tous les deux à la maison – mais quelque chose ne tourne pas rond. Ils se regardent sans arrêt et me demandent trop souvent :

– Alors, comment c'était, ce dernier jour d'école ?

Jusqu'au moment où je pose ma fourchette et je leur dis :

– Alors, pour la cinquième fois, je vous le répète : ça s'est très bien passé. Et maintenant, vous voulez me dire ce qu'il y a ?

Papa regarde maman et lui fait un signe d'encouragement. Elle secoue la tête en souriant et elle murmure :

– Dis-lui, toi.

Alors papa passe un bras autour de l'épaule de maman, puis il prend sa respiration et, tandis que ses deux fossettes irrésistibles se creusent sur ses joues, il annonce :

– Lucrezia... maman attend un enfant !

Bien sûr, la première chose qui me vient à l'esprit, et je suis sûr que vous auriez pensé la même chose, c'est : « Mais alors, ils ont fait l'amour ! Maman et papa font l'amour !?! »

Je pensais qu'ils l'avaient fait une seule fois, quand ils m'ont conçue. Ils m'ont l'air trop vieux pour ces trucs-là ! Mais ce n'est pas un commentaire à faire à voix haute et aussitôt je décide qu'il faut que j'enquête au plus vite auprès de mes amies, qu'elles me disent si leurs parents aussi font l'amour.

Je leur demande :

– Vous êtes sûrs que c'est une bonne idée ?

Tous deux écarquillent les yeux, mais c'est papa seul qui répond :

– Bien sûr que c'est une bonne idée, une très bonne idée, même. Tu ne serais pas un peu jalouse de cet enfant qui sera là bientôt ?

Les parents ne comprennent jamais du premier coup, – vous le savez bien, vous aussi, n'est-ce pas ? – il faut toujours qu'on leur explique les choses en détail, plusieurs fois.

Alors, je précise :

– Je ne disais pas ça pour moi, mais pour maman. Je ne la vois vraiment pas avec des biberons et des couches.

– Qu'est-ce que tu veux dire, ma chérie ? Je t'ai pouponnée toi aussi, tu sais ? attaque Maman-Perfide.

Inutile de lui rappeler que c'est Emma, ma nounou, qui s'est occupée de moi, ni de lui expliquer que, d'après moi, tous les dix ans une nouvelle génération remplace la précédente et que, toujours d'après moi, la nouvelle est beaucoup plus maligne. C'est pourquoi le petit monstre qui s'annonce sera parfaitement capable de démolir l'ordre parfait de notre maison absolument parfaite.

– Maman sait si bien organiser les choses que cette grossesse et l'arrivée de ce nouvel enfant seront sans problèmes, simples comme une promenade, n'est-ce pas, mon amour ? dit papa.

Il sourit, confiant. Elle sourit, déterminée. Je souris et c'est tout. Et puis je pense que, peut-être, ils s'attendent à un peu plus d'enthousiasme de la part de leur désormais ex-fille unique :

– Whaou ! Vraiment c'est une super bonne nouvelle ! Je suis tellement heureuse d'avoir un petit frère… ou une petite sœur… ou des jumeaux.

Il m'arrive d'être cruelle, je sais. En effet je vois que cette éventualité fait pâlir maman. Un instant, à peine.

– Nous savons déjà qu'il n'y en a qu'un. Nous avons fait la première échographie, m'explique-t-elle d'un air satisfait.

L'œil réprobateur de mon père la convainc de me donner un peu plus d'explications :

– On aurait pu t'emmener voir le bébé, mais… on voulait être sûrs que tout allait bien avant de t'annoncer la nouvelle. Il y aura beaucoup d'autres échographies auxquelles tu pourras assister.

– Et quand il naîtra, cet enfant ?

– La date prévue est le 6 janvier, dit papa en riant.

Le Couple-Parfait a fait l'amour neuf mois avant le six janvier !

Faire naître un enfant le jour où on tire les rois, quelle idée !

CHAPITRE DEUX

Je passe l'après-midi à téléphoner à mes amies pour leur annoncer la nouvelle. Les commentaires se bousculent. Ce qui est sûr, c'est qu'elles non plus ne croient pas trop que les parents, à leur âge, puissent encore faire l'amour.

Isa m'a écrit : *C k ton père é trobo ! Je feré lamour avec mm kan je seré vieil.*

Isa, vous l'avez compris, est dingue de mon père.

Bon, en fait, elle n'est pas la seule. Depuis que, l'an dernier, mes amies l'ont vu en maillot de bain à la piscine, elles l'ont élu le papa le plus sexy de la classe.

Ça doit être parce qu'il fait un mètre quatre-vingt-sept, qu'il n'a pas un pouce de gras et un ventre en tablettes de chocolat. Non, ce n'est pas un obsédé des salles de gym, mais pour son travail il faut qu'il reste en forme. Il est pilote dans l'armée de l'air et depuis qu'il travaille pour l'OTAN, il part souvent en mission à travers le monde.

Allez, ne faites pas cette tête ! Ce n'est pas un pilote qui tire sur les gens. Il s'occupe de la mise au point des itinéraires de vol des alliés. Il m'a expliqué qu'avec quelques collègues des autres armées de l'OTAN, il décide quels seront les couloirs aériens à emprunter, sinon ces gros bêtas s'écrabouilleraient les uns contre les autres. Une fois, il a même dû créer une piste d'atterrissage dans le désert, à partir de rien, en inventant un moyen de signaler aux pilotes où ils pourraient se poser au milieu de tout ce sable.

Il dit toujours que s'il grossit il n'entrera plus dans son uniforme et que ça l'oblige donc à garder la forme. Ah, j'oubliais ! Deux yeux verts et ténébreux brillent au milieu de son visage toujours bronzé, même en hiver. Il dit que c'est tout le soleil qu'il a pris dans les Pouilles, quand il était enfant, qui lui a donné ce teint hâlé.

Donc je suis d'accord avec mes amies : c'est le papa le plus sexy de la classe.

Maman, elle aussi, s'en tire plutôt bien. Un mètre soixante-quinze, mince, des cheveux blonds éclaircis par des mèches, mais raides, bien raides jusqu'au milieu du dos, des yeux bleu marine et une peau très claire. Elle dit que le soleil n'est plus *tendance* et donc elle reste blanche toute l'année. Papa m'a dit un jour que la mode n'a rien à y voir, qu'en réalité, si elle se met au soleil, il lui vient un horrible érythème sur le cou et le visage. Mais comme maman travaille pour une agence de mannequins, ici à Milan, et qu'elle-même, avant ma naissance, était mannequin, elle a toujours le mot *tendance* à la bouche. Non, pas comme vous imaginez, exactement le contraire. Bon, je vous explique. Elle déteste tout ce qui est *tendance* et elle répète au moins deux cents fois par jour que la mode est une chose et que l'élégance en est une autre. Les deux cents fois, c'est pour répondre à mes demandes d'un quelconque vêtement *tendance*, un de ces trucs que toutes les filles de treize ans voudraient porter.

Mais elle est inflexible :

– Avec un jean et un tee-shirt blanc, tu as tout ce qu'il faut.

Et comme ça je me retrouve avec des jeans slim, larges, bermudas ou corsaires et des tee-shirts, des chemisiers, des débardeurs blancs. L'hiver, elle me permet quelques sweat-shirts gris ou bleus et j'ai même réussi à avoir un pull violet avec un col en V. Pensez qu'il y a dix jours j'avais l'anniversaire de Patti, et je l'ai priée sur tous les tons de m'acheter quelque chose qui irait bien pour une fête où il y aurait des garçons et où on danserait. A la fin, avec bien sûr un air dégoûté, elle m'a apporté à la maison un tee-shirt blanc – vous ne l'auriez pas cru, hein ? – mais avec plein de chaînettes dorées comme si c'était un collier, et le mot *cool* imprimé sur le devant.

Le plus drôle c'est que mes amies, qui savent que ma mère travaille avec des mannequins et des stylistes, m'envient mes jeans et mes tee-shirts blancs et sont, elles, obligées de porter tous ces trucs à la mode que leur mère « complètement nulle » – c'est elles qui le disent, pas moi – leur achète. Vous voyez ? Ces trucs magnifiques, ceux qui font rire tout le monde si tu les remets l'année d'après, parce qu'ils ne sont plus *tendance*.

Par exemple, elle affirme que le top de l'élégance, c'est la petite robe noire moulante. Et donc son armoire (en plus des jeans et des chemisiers blancs) est pleine de ces petites robes noires tristounettes de différentes longueurs avec des manches courtes, sans manches, à manches longues, à encolure ronde, en V et autres variantes minimes de ce genre qu'elle agrémente de colliers de couleurs vives. Elle ramasse ses cheveux en un chignon qu'elle maintient avec une grosse épingle (elle en a de toutes sortes : en bois, en corne, avec du strass, des perles anciennes, modernes, etc.) et la voilà parfaite. Et, soit dit entre nous, elle est vraiment au top. Elle est très belle. Mais jamais je ne le lui dirais.

Ce n'est pas facile, vous savez, de vivre avec une Maman-Parfaite, toujours impeccable et jolie qui, quand elle va voir les professeurs, les fascine tous, et après ils me disent « Tu as une mère si élégante ! » ; devant laquelle les autres mères se sentent moches, et ceux de ma classe – les garçons, je veux dire – prennent un air baveux et hébété ; une mère qui, quand elle sort avec mon père, forme avec lui le Couple-Parfait, et avec mon père et moi, la Famille-Parfaite ; une mère qui discute tranquillement au téléphone en anglais, qui fait toujours trois choses en même temps et n'en rate pas une seule. Essayez donc pendant quelques jours, après on en reparlera.

Maman est, vous savez, une de ces femmes qui affirment que si on ne met pas la maison en désordre, il n'y a pas besoin de la ranger (ah bon ?), que si on ne salit pas, pas besoin de nettoyer (ah bon ?), que si on fait les courses intelligemment, pas besoin d'aller le dimanche matin quémander un peu de lait chez la voisine (ah bon ?). Donc, vous l'aurez compris, notre maison est propre, parfaitement rangée et le frigo est toujours plein. Parfois papa et moi on fait un petit jeu : on attend qu'elle soit installée devant son ordinateur pour écrire des e-mails de travail en anglais puis, quand on voit qu'elle est bien concentrée, on va dans la cuisine et je plonge la tête dans les tiroirs et les placards pour voir ce qu'il y a tout au fond. Je dis à papa :

– Maïzena !

Ou encore :

– Petite passoire à œuf !

Et lui, d'une voix douce :

– Carola, s'il te plaît, tu sais où est la Maïzena ?

Et elle :

– Dans le petit placard, à droite, tout au fond.

Ou encore :

– Carola, tu sais où est passée la passoire à œuf ?

Et elle :

– Marco, regarde dans le deuxième tiroir, celui du bas, elle est au fond à droite.

Vous comprenez, elle est faite comme ça. Pour tout vous dire, ni papa ni moi ne savons à quoi ça sert, la Maïzena.

Une précision : c'est très rare que papa et maman soient en même temps à la maison. Papa, comme je vous l'ai dit, est souvent à Bruxelles ou en mission dans des endroits aux noms imprononçables, et maman est toute la journée à l'agence. Quand on est en période de défilés je ne la vois plus du tout. Quand ils ne sont pas là, je suis avec Emma, ma nounou. C'est une dame sympa, à la peau douce et fripée. Elle me prépare des petits plats géniaux qui dégoulinent de graisse et de calories (est-ce que je vous ai dit que ma mère est une obsédée de la nourriture saine ?) et on a toutes les deux de longues conversations. Si elle doit aussi rester dormir à la maison, on regarde ensemble la télévision en vidant une barquette de glace. Son mari est mort il y a très longtemps et elle dit que je suis sa famille préférée. Ça me plaît, d'être la famille de quelqu'un. C'est rassurant, vous ne trouvez pas ?

Et maintenant vous vous demandez certainement : et toi, t'es comment ?

Eh bien, je suis comme ma maman. Format mini, pour le moment. Mais moi je me fais bronzer et j'ai des taches de rousseur sur le nez – qui, bien évidemment, est moins fin que le sien – et j'ai des fossettes sur les joues, comme mon père. Je fais tout ce que je peux pour faire friser mes cheveux d'une raideur exaspérante. Et puis, écoutez ça : une fois je me suis mis du vernis violet. Bien sûr Maman-Parfaite l'a aussitôt confisqué au cri de :

– Tu ne veux tout de même pas devenir une Barbie ?

Chaque fois que j'essaye de ressembler à une fille normale de mon âge, elle me dit :

– Oh mon Dieu ! Tu es en train de devenir une Barbie !

Et le plus drôle, c'est que je n'ai aucune intention de ressembler à Barbie ! Pas question d'être mièvre, frivole, toute bouclée et de ne penser qu'à ce Ken.

Quand nous sortons ensemble, tout le monde dit :

– On dirait deux sœurs !

Mais il est clair pour tout le monde que je suis beaucoup moins Parfaite qu'elle.

CHAPITRE TROIS

Quelques jours plus tard, je suis dans ma chambre devant l'ordi quand ma mère entre et me tend une espèce de photo. Nébuleuse, incompréhensible. Je lui demande :

– Qu'est-ce que c'est ?

– C'est toi, à huit semaines. C'est ta première échographie. Regarde, te voilà ! On dirait un haricot avec deux petites mains et deux petits pieds.

– Whaou ! Ce haricot, c'est moi ? Pas croyable !

C'est trop marrant. Puis maman me donne une autre photo complètement floue :

– Et ça, c'est le bébé qui arrive bientôt.

D'un doigt, je suis le contour du petit haricot qui deviendra mon frère, ou ma sœur. Je compare les deux échographies, mais elles m'ont l'air identique.

– Elles sont pareilles !

– Eh oui ! Je dirais que pour le moment, vous vous ressemblez. Elle rit.

Je réponds :

– Dommage !

Ça m'a échappé.

– Et pourquoi ? J'aimerais qu'il soit mignon comme toi. Mais, s'il était juste un peu moins beau, on le garderait, n'est-ce pas ?

Comme d'habitude, elle n'a rien compris. Je ne pensais pas à la beauté. Je veux un frère ou une sœur qui ne ressemble pas – même pas un peu – à ce bébé que j'étais, quand je restais bien gentille et bien tranquille dans mon coin à jouer avec un petit canard en plastique, quand je dormais toute la nuit et je mangeais n'importe quelle saleté macrobiotique qu'on me fourrait dans le bec. Je veux que ce soit une vraie peste, un super petit monstre, capable de gribouiller sur les murs immaculés de cette maison, de vomir sur le parquet, de jeter le maquillage de Maman-Parfaite dans les toilettes. Une petite vengeance innocente pour tous les tee-shirts rose fluo, les shorts militaires, les Converse aux couleurs flashy que j'aurais voulu avoir et que je n'ai jamais eues. Ah oui ! Et aussi pour le vernis à ongles violet, bleu ou vert nacré...

J'entends un gémissement. Je regarde maman et je la vois recroquevillée par terre, qui se tient le ventre. Elle a les yeux fermés et elle serre les dents. Je me jette par terre, auprès d'elle.

– Maman, maman, qu'est-ce qu'il y a ?

– Appelle papa... dis-lui... qu'il rentre tout de suite à la maison... tout de suite.

– Mais qu'est-ce que tu as ? Maman, réponds !

– Mal au ventre... appelle papa.

Je cours prendre le portable. Il est où ? Dans la cuisine ? Dans la salle de bains ? Oui, il est là. J'appuie sur le trois, l'appel rapide de papa. Il ne répond pas. Rien à faire, il ne répond pas. Papa !

– Allô, Princesse ! Comment se fait-il que tu dépenses tes sous pour m'appeler, au lieu de me faire ta sonnerie habituelle ?

– Papa, viens vite à la maison, dépêche-toi, maman est par terre !

– Lucrezia, reprends ton souffle et arrête de pleurer. Dis-moi calmement ce qu'il s'est passé.

Le ton de papa m'oblige à réfléchir.

– On était en train de discuter dans ma chambre. Et puis, tout à coup, je l'ai vue par terre qui se tenait le ventre. Elle m'a demandé de t'appeler tout de suite.

– Apporte-lui le téléphone et ne t'inquiète pas.

Je me précipite dans ma chambre. Maman est encore couchée sur le sol, mais maintenant elle est sur le côté, les jambes serrées contre sa poitrine et... oh mon Dieu, son jean est taché de rouge !

– Papa, il y a du sang sur son jean ! Je t'en supplie, viens vite !

– Passe-la-moi.

Je passe le portable à maman. Elle murmure à peine :

– Le bébé... viens tout de suite.

Je reprends le portable.

– Papa, où tu es ?

– Ne pleure pas, Princesse. Regarde l'heure : dans cinq minutes exactement je serai là. Reste calme et occupe-toi de maman.

Je promets et je sèche mes larmes. Maintenant que papa arrive, je sais que tout va bien se passer.

Il a l'habitude de piloter des avions de chasse, ce ne sont pas quelques encombrements qui l'arrêteront. Je m'agenouille auprès de maman et je lui caresse la tête.

— Maman, comment tu te sens ?

Elle ouvre les yeux et fait une petite grimace, une espèce de sourire.

– Très mal au ventre. Ça arrive quelquefois pendant la grossesse. C'est normal.

Je ne sais pas pourquoi, mais je ne la crois pas.

Elle reprend son souffle :

– Tu veux bien m'aider ?

Je fais signe que oui, sans un mot.

– Prends mon sac de gym, mets dedans mes affaires comme si je devais aller dormir un jour ou deux chez des amis. S'il te plaît, dépêche-toi avant que papa arrive !

Je cours dans sa chambre en parlant toute seule pour me donner du courage :

– Sac de gym. Le voilà. Et maintenant une chemise de nuit, deux slips, un soutien-gorge et puis... Je vais dans la salle de bains : brosse à dents, dentifrice, crème, parfum ? Non, plutôt un peigne.

Je lui prends aussi l'élastique dont elle se sert la nuit pour attacher ses cheveux. Tout y est, il me semble. Non, il faut aussi une serviette, petite.

Je ferme le sac et je me précipite à nouveau dans la chambre.

– Merci.

– Tu veux que je te dise ce que j'ai pris ?

– Non, ce que tu as décidé ira bien. Va aussi chercher mon sac dans l'entrée, sinon, on va l'oublier.

Pendant que je cherche le sac, la porte s'ouvre. C'est papa qui entre.

– Où est-elle ?

Mais déjà il court vers la chambre.

– Oh mon Dieu ! Lucrezia, va vite chercher une serviette, une grande !

J'y vais et quand je reviens de la salle de bains, il l'a déjà prise dans ses bras, il l'emporte vers l'entrée. J'attrape le sac que j'ai préparé, je vérifie que j'ai mis aussi dedans le sac à main de maman, et je les suis.

– Ferme la maison ! m'ordonne papa, qui descend déjà l'escalier.

Je tourne la clé dans la serrure et je cours derrière

lui. Maintenant qu'il est là, je suis certaine que tout va bien se passer.

Un instant plus tard, on est devant la voiture.

– Etends la serviette sur la banquette arrière, me dit papa. Puis il me fait asseoir à ma place habituelle et il installe maman, la tête sur mes jambes.

– Vous êtes prêtes pour une course d'enfer ? dit-il en souriant. Il nous embrasse et prend le volant.

Il accroche sa ceinture. Je sens qu'il me transmet une grande énergie, comme un courant chaud qui me rassure. C'est comme ça que je me l'imagine quand il se met aux commandes d'un avion de chasse.

Maman me prend la main.

– N'aie pas peur, Lucrezia, c'est le nouveau bébé qui fait le polisson.

Ma gorge se noue à nouveau et je ne peux m'empêcher de pleurer.

Je sèche mes larmes avec ma main libre en espérant que maman n'a rien vu. Si cet enfant fait le polisson et si maman se sent mal, c'est entièrement de ma faute ! C'est moi qui ai souhaité que ce soit une vraie peste !

Papa, pendant ce temps, est au téléphone.

– Le docteur Righi, s'il vous plaît, c'est urgent !... Docteur, je suis le mari de Carola Rizzi. Ma femme a eu une petite hémorragie et elle a de fortes douleurs au ventre. Nous sommes en train de venir à l'hôpital. Vous pouvez faire en sorte qu'on ne nous bloque pas aux Urgences ? Merci, dans cinq minutes nous sommes là.

Puis il y a un grand méli-mélo d'embouteillage et de coups de klaxon.

La barrière de l'hôpital qui – je croyais – ne se lève que pour les ambulances, se dresse comme par magie et nous sommes déjà devant les Urgences. Papa descend de la voiture, prend maman dans ses bras et la porte à l'intérieur. Moi, je suis derrière avec son sac. Une infirmière fait étendre maman sur une civière, puis un docteur s'approche. Il a une tête sympa.

– Voici notre pilote ! Pour arriver ici en cinq minutes, il a sûrement pris l'avion !

– Bonjour docteur. En effet, aujourd'hui j'ai risqué le retrait de permis pour excès de vitesse !

– Et notre Carola, comment va-t-elle ?

Maman secoue la tête et ne répond pas.

– Courage, on monte à l'étage !

Puis il s'aperçoit de ma présence et me sourit :

– Bonjour, mademoiselle. Tu es la fille de ces deux beaux personnages, n'est-ce pas ? Je ne savais pas que ce jour-là j'avais mis au monde une aussi jolie petite fille !

Je souris, gênée. Ça fait un drôle d'effet de connaître le docteur qui t'a fait naître. Papa annonce qu'il va garer la voiture et qu'il nous rejoindra en haut. Je ne sais pas quoi faire, alors je prends la main de maman et on part comme ça vers l'ascenseur. Maman couchée, moi qui lui tiens la main, l'infirmière qui pousse le lit à roulettes, le docteur qui nous escorte.

Seulement maintenant je me rends compte que maman et moi, on est sorties en pantoufles de la maison, alors je souris parce qu'il faut que je me rappelle de montrer ça à papa. Je crois que c'est la première fois que maman sort de chez elle sans avoir aux pieds une paire de ses magnifiques chaussures.

Je ne me souviens pas être allée dans un hôpital, à part quand je suis née – logique – et ça ne me plaît pas du tout. Il y a une odeur bizarre et tout est trop jaunâtre, un jaune pâle un peu gris. L'ascenseur s'ouvre, on entre, il se referme, on sort, on suit un long couloir, puis le docteur fait entrer maman dans une pièce.

– Mademoiselle, peux-tu rester un moment dehors et attendre ton papa ? dit le docteur. Mais ce n'est pas une question, c'est un ordre.

Je m'assieds sur une chaise vert d'eau et j'attends en serrant dans mes bras le sac de maman. Je regarde ce qui se passe dans le couloir : il n'y a que des femmes avec des ventres énormes, et quand je dis énormes, je veux dire vraiment énormes. Je ne crois pas que celui de maman puisse devenir comme ça. Peut-être que ces femmes sont ici à l'hôpital précisément parce qu'elles ont des ventres trop gros. Ce doit être une espèce de maladie de la grossesse. Ou alors elles attendent toutes des jumeaux. Ou des triplés.

Puis papa arrive et tous les ventres se tournent vers lui.

– Ma princesse ! Où est passée maman ?

Je lui indique la pièce. Il frappe à la porte et glisse la tête à l'intérieur :

– Lucrezia peut entrer aussi ?

J'entends la voix du docteur :

– Voyons d'abord la situation. Après, peut-être.

Papa me fait sa grimace « *Sorry !* », qui me fait toujours rire, puis il se penche vers moi et me dit que je pourrai entrer dans un moment. Il me claque un gros baiser sur la joue et me laisse agrippée au sac à main. Il entre et je reste seule.

Je ne suis quand même pas idiote, j'ai très bien compris que je pourrai entrer seulement si ça va bien, et donc ça veut dire que ça pourrait aussi aller mal. Mais quoi ? C'est maman qui va mal ou c'est l'enfant ? Je ne crois pas qu'il soit normal qu'une femme qui attend un enfant se retrouve par terre avec des douleurs terribles et son jean taché de sang. Du moins pas une Femme-Parfaite comme maman. Pendant que je suis là et que je pense à toutes les choses horribles qui pourraient arriver à une maman et à l'enfant qu'elle a dans le ventre, je réalise soudain que j'ai laissé mon portable à la maison. Mince ! Je ne peux même pas avertir Isa, Patti, Giò et les autres. Et j'ai même laissé l'ordi allumé !

Puis la porte s'ouvre et papa me sourit. Il me lance un clin d'œil et, de la tête, il me fait signe d'entrer. Il y a un bruit, on dirait un cheval au galop. Je pénètre dans la pièce plongée dans l'ombre. Maman est allongée sur un lit d'examen et a le ventre à l'air. Le docteur est assis à côté d'elle et lui passe un truc dessus. Un grand écran est allumé et je reconnais tout de suite le petit haricot, qui est mon frère. Ou ma sœur. Au milieu du haricot, il y a une lumière qui clignote. Je m'approche et je pointe le doigt dessus :

– C'est quoi, cette lumière ?

– Le cœur de l'enfant, m'explique le docteur. Et le bruit que tu entends, ce sont les battements de ce petit cœur minuscule.

Je ravale ma salive. Je regarde maman, qui sourit, puis papa, qui sourit lui aussi, avec ses fossettes qui sont comme les miennes.

– Alors tout va bien ? je demande.

– Oui, maman va bien et le petit aussi, dit papa.

– Mais ta maman devra rester dans son lit, ici à l'hôpital, le temps que l'enfant redevienne bien calme et qu'il se résigne à rester enfermé dans ce ventre pendant encore six mois, dit le docteur.

– Combien de temps je devrai rester ici, docteur ? demande maman.

– Autant qu'il sera nécessaire. Je dirais au moins un mois, répond-il.

Maman cache son visage dans ses mains.

Mince ! J'avais espéré une peste, un vrai petit monstre, mais pas tout de suite ! Seulement quand il serait né.

CHAPITRE QUATRE

Le lendemain. Chambre d'hôpital. Maman de très mauvaise humeur, couchée avec une perf' de liquide transparent dans la veine de son bras. Autour du lit : papa et moi, mamie Ingrid – c'est-à-dire la maman de maman – et tante Evelina, la sœur de maman. Papa les appelle *Amiral Ingrid* et *Eve-ligne : un-style-tout-un-programme.*

Vous avez compris le genre : ma grand-mère est d'origine allemande, super élégante, snob et elle a une certaine tendance à commander. Ah ! Elle a aussi un petit bateau pour naviguer sur le lac de Côme, où elle a sa maison. Pour elle, le monde se partage en deux catégories : ceux qui sont dignes de son attention et ceux qui ne la méritent pas. Bien évidement les premiers sont très peu nombreux, et d'ailleurs mon père n'en fait pas partie. Il dit en riant que pour elle il n'est qu'« une pauvre pièce rapportée ». Mon grand-père est mort il y a longtemps, mais papa dit que c'était un homme formidable, qu'il l'aimait beaucoup et qu'ils s'estimaient l'un l'autre. Il dit aussi que grand-père a un paradis personnel dans lequel on n'est admis que si on prouve qu'on n'est pas snob.

– Cela veut dire que mamie ne pourra pas y entrer, ai-je fait remarquer un jour.

– C'est précisément pour cela que grand-père a instauré un examen d'entrée, m'a confirmé papa.

Bref, vous avez compris comment sont les relations entre papa et mamie. Avec moi, elle est gentille, mais pas trop : disons plus gentille qu'elle ne l'est avec papa, mais beaucoup moins gentille et affectueuse que ma nounou Emma, par exemple. C'est sans doute pour ça qu'elle n'a pas encore décidé si j'ai plus de gènes de maman, ou de papa.

Eve-ligne : un-style-tout-un-programme est du genre piaillements et petits cris, accessoires de mode et lèvres rose shocking, boucles blondes et soutiens-gorge à balconnets. Vous vous représentez Pamela Anderson ? Pareille. Elle passe d'un amoureux à un autre, d'une semaine de vacances à une autre.

Vous vous demandez comment elle fait pour s'entendre avec Maman-Parfaite ? Eh bien, elle ne s'entend pas. Elles ont du mal à se supporter. Vous vous demandez alors pourquoi ce conseil de famille a été convoqué ? C'est bien simple : Emma, ma nounou, s'était mise d'accord avec maman pour pouvoir partir avec sa paroisse en pèlerinage à Lourdes le 10 juin (jour de l'Annonciation du Nouvel Enfant, comme vous l'aurez noté !). Mais ça, ce n'est que le début. Elle a un frère qui vit en France et qui est très malade. Son autre frère, qui vit en Amérique depuis trente ans, est revenu en Europe, justement pour aller le voir. Et donc il doit retrouver Emma à Lourdes et ils iront tous les deux voir leur frère malade. Des retrouvailles familiales mémorables. Maman lui avait dit qu'il n'y avait pas de problème et qu'elle était même très contente qu'elle puisse revoir ses frères après si longtemps. Elle ne devait pas se faire de souci pour moi, parce que juin est un mois assez calme pour l'agence de mannequins, et puis la journée j'irais à la paroisse ou au centre de loisirs, et le soir je pourrais aller aux derniers entraînements de karaté. Donc, même si papa devait partir à Bruxelles pour un stage de formation continue qui durerait trois semaines, on se débrouillerait toutes les deux. Emma lui avait demandé trois fois si elle était vraiment sûre et puis, convaincue par les encouragements de maman, elle avait décidé de partir.

Même Maman-Parfaite ne pouvait pas prévoir ce qui allait se passer. Nous voilà donc maintenant dans cette situation : maman à l'hôpital, papa qui part dans deux jours à Bruxelles, ma nounou Emma en France pour un mois, et moi toute seule à la maison. Si la situation n'était pas vraiment grave, maman n'aurait pas appelé à l'aide l'*Amiral Ingrid* et *Eve-ligne : un-style-tout-un-programme*.

Je préférerais rester toute seule à la maison plutôt que d'aller dans la villa de mamie : on se croirait dans un collège suisse (une maison de redressement, dit papa). Comparée à la propreté et à l'ordre qui y règnent, notre maison parfaite ressemble à un dortoir d'étudiants. Là, comme dit papa, il est strictement interdit à la poussière de se poser sur les meubles et même de voltiger dans l'air. Et je préférerais rester toute seule à la maison plutôt que d'aller chez tante Evelina où il faut faire attention à ne pas trébucher sur les revues de mode éparpillées sur le sol, les chaussures à la mode abandonnées dans les coins, les écharpes à la mode qui traînent sur le carrelage. Déjà j'ai les oreilles qui bourdonnent en pensant à la voix suraiguë de ma tante qui papote sur les dernières tendances et me traîne dans les boutiques pour chercher le dernier modèle du styliste le plus *cool* du moment.

Comme vous l'avez deviné, ce que je préférerais, moi, n'a aucune importance.

Mais, heureusement…

– Che rekrette, ma chérie, mais che ne beux bas b'oguber de la bedite Lucrezia, c'est vraibent imbozible. Che dois aller faire ba gure thermale bour mes rhinites groniques, un zycle de thérapies intisbenzables. Si je ne m'en occube bas baintenant, il me zera impozible d'affronter l'hifer, dit mamie Ingrid, soulignant les phrases de sa main tendue où scintillent ses trois gros brillants (« que je te tonnerai bour ton mariache » m'a-t-elle dit une fois).

Je dirais que l'idée est claire : elle ne peut pas me prendre chez elle.

– Non, non, non ! Je ne peux pas, vraiment, je ne peux pas ! Je voudrais tellement, vous savez bien ! Je voudrais tellement vous aider, je l'adore cette petite friponne, ma petite nièce préférée, absolument préférée… mais j'ai déjà réservé mon billet d'avion pour aller à Phi Phi avec mon amoureux, une île réservée aux VIP, vous savez ! Il fait de la plongée et il va m'apprendre à nager sous l'eau. Je suis si impatiente !!! Et ce n'est sûrement pas un endroit pour les petites filles, même si elles sont adorables comme mon adorable nièce. Imaginez si elle posait le pied sur un corail urticant ou si elle était attaquée par un requin tigre ! Je ne pourrais jamais me le pardonner ! Toute ma vie serait dévorée par le remords, et d'ailleurs, ce n'est pas possible, dit tante Evelina en chantonnant et en tirant ses boucles en arrière, puis en les remettant en place en avant, puis en les rejetant en arrière. D'ailleurs, soit dit en passant, je suis sa seule nièce, je n'ai pas eu à vaincre une concurrence féroce pour mériter la place de nièce préférée.

Quelque chose dans les expressions de maman et de papa met forcément l'*Amiral Ingrid* et *Eve-ligne : un-style-tout-un-programme* mal à l'aise parce que maintenant elles parlent toutes les deux en même temps.

Mais un cri de maman les fait taire.

– Assez ! Je ne sais même pas pourquoi je vous ai appelées ! Qu'est-ce que j'ai pu m'imaginer ? Que peut-être, pour une fois, pour une fois que je vous demande un service, vous pourriez m'aider ? Et pas parce que je dois aller chez le coiffeur ou dans une station thermale, ou sur cette foutue île pipi ou popo, mais parce que j'ai un problème. Un problème grave. Merde !

Maman-Parfaite a dit un gros mot. Je ne peux pas le croire !

– Carole, calme-toi, dit papa.

– Me calmer ? Sûrement pas ! J'ai un mal de tête terrible, une grossesse à risque, et ces deux-là me parlent de vacances !

– Madame, que se passe-t-il ? demande une infirmière qui vient d'entrer, alarmée, c'est sûr, par les hurlements de celle que tout le monde prenait – et moi aussi – pour une dame élégante et distinguée.

– Cette perf' me rend dingue, ralentissez-la.

– Nous ne pouvons pas, madame. Le docteur a dit…

– Alors, appelez le docteur, sinon je l'arrache !

Pendant ce temps l'infirmière approche un machin de son oreille et ça doit être un thermomètre bizarre parce qu'au bout de deux secondes, elle le regarde et dit :

– Zut ! Elle a aussi de la fièvre !

– Mais non, je n'ai pas de fièvre ! C'est le mal de tête qui fait grimper ma température ! Vous croyez que je ne connais pas l'effet que me font mes maux de tête ?

L'infirmière bat en retraite.

Vous savez comment on se sent quand on voit sa Maman-Parfaite transfigurée en hystérique ? C'est comme si on regardait un film d'horreur.

Le docteur sympa arrive.

– Qu'est-ce qui se passe, Carola ?

Puis il regarde autour de lui et, évidement, il comprend.

– … à part le fait qu'il y a trop de monde dans cette chambre et que vous avez besoin de tranquillité ?

Peut-être avez-vous déjà vu d'autres Mamans-Parfaites perdre patience ?

Mamie et ma tante en profitent :

– Alors, il vaut mieux qu'on s'en aille !

– Au refoir, ba chérie, ezzaye de guérir bientôt. On s'abbelle. Atieu Marco, au refoir ma bedite Lucrezia, dit l'*Amiral Ingrid.*

Eve-ligne : un-style-tout-un-programme envoie des petits baisers, et elles disparaissent, enfin.

– Qu'est-ce qui se passe, Carola ? demande à nouveau le docteur.

– J'ai un mal de tête atroce. Je suis sûre que c'est la perf'.

– C'est possible. Effectivement. Ça peut être un des effets collatéraux. Je vous la ralentis. Voilà, comme ça la douleur devrait diminuer. Appelez l'infirmière quand le flacon sera terminé. Et maintenant, essayez de vous reposer. On se verra tout à l'heure.

Et lui aussi s'en va.

Nous restons tous les trois.

La Famille-Parfaite. Papa est assis à côté de maman, il lui caresse les cheveux.

– Ne t'inquiète pas, Carola, on va trouver une solution.

Et elle, incroyable mais vrai, éclate en sanglots.

– Non, ce n'est pas ça... c'est que parfois je voudrais avoir une mère normale, une sœur normale avec qui parler, me disputer, même, mais aussi s'entraider, s'aimer bien toutes les deux. Mais non... Tu ne crois pas que ça devrait être comme ça, une famille ? dit Maman-Parfaite en ravalant ses larmes.

– Bien sûr, c'est comme ça que nous voyons la famille, nous trois, et c'est exactement comme ça qu'est notre petite famille. C'est à ça que tu dois penser, et au petit qui va arriver. Maintenant, repose-toi, comme te l'a dit le docteur. Lucrezia et moi, on rentre à la maison, nous allons nous creuser la tête et trouver une solution magique.

Oui, une famille parfaite : une Maman-Parfaite, un Papa-Parfait, et une fille de treize ans qui, à cause de sa jalousie stupide envers un bébé qui n'est pas encore né, a provoqué ce beau méli-mélo !

CHAPITRE CINQ

Dans la soirée, papa a trouvé la solution. Sa sœur Mariella. Ma tante Mariella. Pour le moment, elle n'a pas de surnom. Ni d'image, vu que je ne la connais pas.

Ça, c'est ce que m'a raconté papa : elle a deux ans de moins que lui, donc elle en a trente huit, un mari et quatre garçons (« Quatre garçons !!! » direz-vous. C'est exactement ce que j'ai dit !), elle est infirmière, elle habite Foggia, dans les Pouilles, au sud de l'Italie, un peu au-dessus du talon de la botte. Je ne vous l'ai peut-être pas raconté, mais la famille de mon père est d'Otrante – tout à fait au bout du talon de la botte – puis il a été envoyé à Milan pour son travail et sa sœur s'est mariée et est allée vivre à Foggia. Mes grands-parents paternels sont morts il y a longtemps. Cette tante a une maison à la mer, à Lesina Marina (vous ne savez pas où c'est ? Moi non plus, si ça peut vous consoler). Et donc, dès que l'école est finie, toute la famille part s'y installer et elle revient en ville juste à temps pour la rentrée des classes.

C'est bizarre, vous savez : on croit qu'on a tellement d'amis mais après, quand on a besoin de quelque chose et qu'on passe en revue les diverses possibilités, on se rend compte qu'en réalité les amis ne sont pas si nombreux, et même pas du tout. Et ces quelques-uns se trouvent chacun dans une situation qui les empêche d'apporter leur aide, même s'ils comprennent le problème et voudraient bien donner un coup de main.

La tante Mariella non plus, ça ne doit pas être une solution facile. J'ai vu papa soulever le téléphone, puis le reposer au moins quatre fois avant de se décider à faire le numéro. Mais ma tante doit être vraiment gentille parce que, dès qu'il lui a expliqué le problème, elle a dit tout de suite (je le sais parce qu'elle parlait si fort que je l'entendais parfaitement moi aussi) qu'il fallait que je vienne, que ça lui ferait très plaisir de passer quelque temps avec la fille de son frère adoré, qu'elle allait avoir enfin l'occasion de me connaître, que pour dormir il n'y avait aucun souci, des lits, elle en avait à revendre et que quatre ou cinq enfants ça ne faisait aucune différence, que pour elle je pouvais rester jusqu'en septembre.

Voilà. Comment dire ? Je me sens un peu comme un colis expédié par la poste à une adresse inconnue.

Papa m'a dit pour me consoler qu'il est sûr que je serai très bien là-bas, que ma tante est très affectueuse et très sympa, que mon oncle est un passionné de cinéma et qu'il parle comme un livre.

Alors je lui ai demandé si je pouvais appeler ma nounou Emma pour lui raconter toutes ces nouvelles.

Il m'a passé son portable et m'a recommandé de ne pas rester trop longtemps en ligne parce qu'il ne voudrait pas qu'Emma doive payer trop cher.

– Mais si j'ai beaucoup de choses à lui dire, on ne pourrait pas lui donner l'argent après, quand elle reviendra ?

Papa fait son petit sourire de « bien sûr », alors je prends son portable et je m'enferme dans ma chambre.

Je fais le numéro et après même pas trois sonneries ma nounou Emma me répond.

– Ô Dieu du ciel ! Monsieur Monteleone, qu'est-il arrivé ? s'écrie-t-elle d'une voix effrayée.

– Salut, Emma, c'est moi, Lucrezia.

– Salut P'titelulu, tu vas bien ?

Je sais qu'elle tient beaucoup à savoir si je vais bien. Pas un simple « ça va, ça va ». Comme sa voix me manquait !

– Oui, tout va bien. Sauf qu'il s'est passé tellement de choses depuis que tu es partie.

– Mais je ne suis partie que depuis quelques jours !

– Je sais. Alors, écoute bien. Première chose, maman attend un bébé.

– Un bébé ?

– Exact. Il naîtra… vas-y ! Dis une date ? Le 6 janvier.

– Le 6 janvier ?

– Oui, mais hier elle s'est sentie mal, elle a eu très mal au ventre et elle a eu une petite hémorragie, alors papa et moi on l'a emmenée à l'hôpital.

– A l'hôpital ?

– Emma, arrête de répéter tout ce que je te dis ! Alors, maintenant tout le monde va bien, maman et aussi le bébé, mais maman doit rester à l'hôpital pendant un mois, plus ou moins.

– Un mois ?

– Emma !!!

– Excuse-moi, P'titelulu. C'est que tu me donnes trop de nouvelles à la fois et qu'il faut que je les absorbe toutes d'un coup. Tu es sûre que ta maman va bien ?

– Oui, ça c'est la seule chose certaine, pour le moment.

– Mais ton père, il ne devait pas aller à Bruxelles ?

– Eh oui ! Alors maman a demandé à mamie Ingrid et à tante Evelina si elles pouvaient me prendre chez elles...

– Ça m'étonnerait !

– Bien vu. Mamie doit aller prendre les eaux et tante Evelina va dans une île bizarre avec son nouvel amoureux. Alors papa a parlé avec ma tante

Mariella et donc je m'en vais dans deux jours dans les Pouilles.

– Toi ? Chez la sœur de ton père ? Ça alors ! Et ta mère est d'accord ?

– On va lui dire tout à l'heure, quand on ira à l'hôpital. Mais pourquoi ça t'étonne ?

– Non... rien... C'est juste que... euh, il me semblait que les deux belles-sœurs ne s'entendaient pas trop bien.

– Ah bon ? Papa ne m'a rien dit !

– Alors, c'est moi qui me trompe, P'titelulu. Ecoute-moi bien, faisons comme ça. Dis à ta maman que je vais prier pour elle et pour le bébé. Pour ça, je suis au meilleur endroit possible. Regarde, si c'est arrivé maintenant, pendant que je suis à Lourdes, il y a peut-être une raison...

– Euh, j'aurais préféré que tu sois ici à Milan et qu'on aille ensemble prier à la paroisse.

Ça y est, voilà que je me mets moi aussi à pleurer.

– Allons, pas de papillons noirs, ma P'titelulu. Tout va s'arranger, tu verras, et même je suis sûre que cet été va être une grande chance pour tout le monde.

– C'est bon, si c'est toi qui le dis... Maintenant je raccroche parce que papa dit que malheureusement tu payes plus de la moitié de cette communication.

– Ne t'occupe pas de ça. Et souviens-toi que je pense tout le temps à toi. Bisous ma P'titelulu !

– Non, attends ! Tu les as vus, tes frères ?

– Non. Alfredo vient me chercher ici dans deux jours et nous irons voir Mario, qui ne va pas fort. Je l'ai appelé il y a pas longtemps...

– Je comprends. Je pense à toi et j'espère que ton frère ira mieux. Bisous.

– Bisous P'titelulu, ne t'inquiète pas, pars tranquille. Je t'embrasse.

Après la conversation je me sens mieux et en même temps plus mal. Je ne sais pas si vous comprenez : mieux parce que la voix de ma nounou Emma est comme une couverture toute douce, plus mal parce que je sens comme un vide à l'intérieur de moi, comme quand j'ai très faim, tellement faim que je n'ai plus faim mais seulement une impression de vide. Ça ne vous arrive jamais, à vous ?

De toute façon, je n'ai plus peur de partir. Sincèrement, je pense que tout ira bien. D'ailleurs papa ne m'enverrait jamais dans un endroit sans avoir la certitude absolue que j'y serai bien, et même trop bien.

Je ne vous raconte pas avec tous les détails comment ça s'est passé à l'hôpital. D'ailleurs, je n'ai pas tout compris moi-même.

En tout cas, maman ne s'y est pas opposée, même si elle n'avait pas l'air franchement contente. Elle m'a seulement recommandé d'être gentille et serviable, d'aider ma tante qui a déjà tellement d'enfants, et de faire un effort pour comprendre les autres, même s'ils sont très différents de moi.

– Différents comment ? ai-je demandé.

– Différents. Dans leurs habitudes, leurs manières de parler, de penser. Fais comme si tu allais dans un pays exotique.

– Disons que tu pars en mission de paix, a dit papa dans un éclat de rire.

Vous avez compris ? Je pars pour un pays exotique qui s'appelle Lesina Marina.

CHAPITRE SIX

Nous voilà à la gare centrale de Milan, sur le quai numéro deux. Pour la dernière fois, on vérifie que je n'ai rien oublié.

– Procédons par ordre. D'abord, la valise à roulettes, décide papa qui est un expert en valises puisqu'il se balade tout le temps à travers le monde et part avec un bagage si minuscule que je n'arriverai jamais à comprendre comment il s'y prend pour tout faire tenir dedans. Sous-vêtements, pyjama, maillots de bain ? énumère-t-il.

Je confirme :

– C'est bon.

J'ai une excellente mémoire visuelle et je n'ai pas besoin d'aller regarder.

– Tee-shirts, jeans et un pull.

– C'est bon.

– Tongs et sandales.

– C'est bon.

– Serviettes de toilette et de plage.

– Bon.

– Trousse de toilette, peigne, shampoing, savon pour la douche, brosse à dents, dentifrice, crème solaire ?

– Bon.

– Livres ?

– J'en ai pris six.

(Je lis beaucoup, je ne sais pas si je vous l'ai dit.)

– Cadeaux pour tes cousins, ton oncle et ta tante ?

– Bon.

– Notebook et clé 3G ?

– Bon. Tu ne voudrais pas que je laisse à la maison le seul objet rose fluo qui est à moi ?

C'est tante Evelina qui m'a offert le notebook et la clé 3G pour mes treize ans. Le premier cadeau de grande qu'elle m'ait fait.

– Passons au sac à dos : ton iPod, un livre pour le voyage, un sandwich, une bouteille d'eau, ton portable ?

– J'ai tout bon, et en plus j'ai la recharge à cinquante euros.

– Portefeuille, argent, carte de sécurité sociale, carte d'identité, lunettes de soleil, papier avec tous les numéros utiles ?

– Bon.

– Alors, rien ne manque, Princesse. Tu es prête ? me demande-t-il en me lançant un petit clin d'œil.

– Et toi tu es prêt à faire s'évanouir toutes les dames du train ?

Il hoche la tête, ajuste sa casquette et tapote le revers de sa veste d'officier. Oui, parce qu'aujourd'hui mon Papa-Parfait a mis son uniforme. Le bleu. Celui pour les cérémonies. Non, ce n'est pas parce que dans trois heures il part pour Bruxelles, mais parce que ça aura son petit effet sur les autres voyageurs. Il dit qu'un père affectueux en uniforme, qui confie sa fille adorée à d'autres voyageurs comme s'il leur confiait le drapeau national, est assuré de leur aimable disponibilité.

Je tente une objection :

– A moins qu'il y ait un terroriste ou quelqu'un qui aurait été injustement exclu de l'aéronautique militaire et qui voudrait se venger.

– C'est possible, admet-il.

Puis il ajoute :

– Mais assez improbable.

Je lui demande, avec le plus grand sérieux :

– On synchronise nos montres ?

C'est notre jeu. Quand il part en mission, on synchronise nos montres pour établir l'heure exacte de son retour.

– Huit heures, cinquante-huit minutes, trente secondes, dit-il, tout aussi sérieusement.

Je confirme :

– Parfait !

– Alors on y va, Princesse !

Nous suivons le quai jusqu'au wagon de première classe. C'est le premier après la locomotive. Nous montons et nous cherchons ma place. C'est dans le premier compartiment. Il y a déjà un couple de personnes âgées. Le monsieur se lève aussitôt et se met au garde à vous. Il se présente :

– Mario Guidi, lieutenant d'infanterie de réserve.

Son épouse s'appelle Gianna. Ils descendent à la gare de Foggia (juste après la mienne, me confirme papa), et donc ils acceptent volontiers de veiller sur moi et de me faire descendre à mon arrêt, celui de San Severo (vous ne savez pas où c'est ? Moi non plus). Mon père explique que maman attend un enfant, qu'elle est à l'hôpital et qu'il doit partir aujourd'hui en mission. Le malin : il ne dit pas qu'il va tout simplement à Bruxelles pour un cours de formation continue !

Monsieur Guidi l'assure qu'il m'accompagnera même aux toilettes pour m'éviter des mauvaises rencontres, sa femme dit que papa ne doit se faire aucun souci, parce que c'est comme si j'étais sa petite-fille.

Papa leur sert la main et les remercie « de tout cœur » pour leur gentillesse. Elle a les yeux qui brillent et elle pose sa main sur celle de papa en disant :

– J'aurais tant aimé avoir un fils comme vous !

Le mari reste planté au garde à vous et lui tend la main, tout raide. J'ai envie de lui dire « Repos ! », mais je n'ose pas, il pourrait se vexer.

– Accompagne-moi vers la sortie, Princesse, me dit papa.

A peine sommes-nous dans le couloir, qu'il murmure :

– Mission accomplie !

Mais nous voilà aussitôt bousculés par des jumeaux, d'à peu près un mètre de haut, qui hurlent, courent, gesticulent, suivis par une dame essoufflée et chargée de petits bagages. Papa, bien sûr, lui offre de l'aider et elle (comme font toutes les femmes quand elles le voient) commence à battre des cils au risque d'oublier les deux marmots. On découvre alors – quelle horreur !!! – qu'ils s'installent précisément dans mon compartiment.

Pendant que papa hisse sur les porte-bagages les sacs à dos des enfants et la valise de la dame, les deux mioches déchaînés sautent d'un siège à l'autre comme si c'étaient les lits de leur chambre. Madame Gianna, contrariée, les regarde d'un œil noir et se met à épousseter les sièges. Papa fait sa grimace qui veut dire « Au secours !!! » et me fait sortir à nouveau dans le couloir. Il me serre très fort et frotte son nez dans mon cou, comme quand j'étais petite.

– Si les deux tornades te dérangent trop, enfonce bien tes écouteurs dans tes oreilles, ouvre ton livre et fais comme si tu étais à la maison, sur le divan.

– Commandant, à vos ordres ! Et je fais le salut militaire.

D'un bond, il est sur le quai et m'envoie un dernier baiser.

Je retourne dans le compartiment, je m'assieds sur le siège du milieu et je regarde dehors.

Papa est devant la fenêtre et me regarde en souriant. Il est très beau.

J'articule soigneusement, sans bruit :

– Bi-sous-à-ma-man.

Il fait sa grimace qui veut dire « je n'y manquerai pas » et déjà le train se met en marche.

Il est dix-neuf heures douze. J'ai sept heures et cinquante minutes de voyage à faire avec ces deux ouragans, leur mère déjà épuisée et les deux pseudo grands-parents, version gardes du corps.

Papa me fait un autre sourire, mais le monsieur pense que c'est pour lui et il lui adresse un dernier salut militaire.

CHAPITRE SEPT

A seize heures quarante-cinq, je demande à Monsieur Mario Guidi, lieutenant d'infanterie de réserve, s'il peut m'aider à descendre ma valise. Nous procédons le plus doucement possible, parce que les deux terreurs dorment comme des anges. Enfin ! Avant, ils ont pratiquement démonté le train, mis le contrôleur en colère, poussé leur mère à bout, torturé les deux personnes âgées. Ils ont aussi essayé avec moi, mais j'ai suivi le conseil de papa : j'ai mis mes écouteurs dans mes oreilles, j'ai monté le son de l'iPod, et j'ai lu *Twilight*. Je n'ai plus levé les yeux. Même pas pour manger. J'ai avalé mon sandwich tout en continuant à lire. D'ailleurs, vous le savez vous aussi : si vous commencez *Twilight* vous ne pouvez pas le lâcher avant d'être arrivé au mot « fin » ! De temps à autre, je regardais dehors. Un paysage magnifique : la mer bleue et la plage étroite, avec très peu de gens. J'avais l'impression que le train courait sur le sable !

Je suis allée deux fois aux toilettes, escortée par le lieutenant d'infanterie de réserve. Je crois qu'il venait surtout pour se libérer des deux terreurs, plutôt que pour veiller sur moi. En fait, il était presque mécontent quand je sortais et qu'on devait retourner dans le compartiment. Donc, après ce voyage de dingue, je ne suis plus tellement sûre de vouloir un petit frère ou une petite sœur qui serait une vraie peste. Quoique je sois certaine que jamais maman ne permettrait un tel comportement. Peste ou pas peste, il – ou elle – ne pourrait jamais sauter sur les sièges du train et déranger les autres voyageurs. Quand j'étais petite et que j'allais chez mes amies, maman me disait toujours :

– Chaque fois que tu fais quelque chose de bizarre, demande-toi si ton père ou moi nous serions d'accord. Si tu as des doutes, ne le fais pas, et tu verras que tu t'éviteras bien des ennuis.

D'ailleurs, encore maintenant, toutes les autres mamans disent que je suis une fille bien élevée et facile à vivre, ce qui fait lever les yeux de leurs filles jusqu'au ciel et risque de me valoir une réputation de petite fille modèle, et ça, vraiment, je déteste.

Bref, revenons à moi. Je dis au revoir à mi-voix à Madame Gianna, qui m'embrasse et me fait promettre de saluer papa de sa part. J'essaye de dire adieu à la mère des jumeaux, mais elle s'est endormie elle aussi, et j'avance dans le couloir avec le lieutenant de réserve qui me suit en tirant ma valise à roulettes. A dix-sept heures zéro deux, le train, parfaitement à l'heure, s'arrête en gare de San Severo. Je descends et Monsieur Mario me passe ma valise, puis il me tend la main et me souhaite « plein de bonnes choses ». Je le remercie et je lui souhaite bon voyage.

Il me fait un clin d'œil :

– On n'a plus qu'un arrêt. Pourvu qu'on puisse descendre avant que les jumeaux se réveillent !

Le soleil est aveuglant et il fait une chaleur infernale. Une espèce de séchoir à cheveux à la température poussée à fond souffle sur mes mollets. Je n'ai pas envie de chercher mes lunettes de soleil au fond de mon sac à dos. Je ne veux pas détacher mon regard du quai et me faire surprendre par mon oncle la tête dans le sac.

Alors, les yeux à demi fermés, je me mets en route vers le bâtiment de la gare. Ce doit être une gare toute petite, parce qu'à Milan le premier wagon était encore sous la verrière alors qu'ici la tête du train est en pleine campagne. J'ai l'impression de marcher pendant un temps interminable, puis j'arrive au souterrain. Ça veut donc dire que maintenant je suis vraiment dans la gare. Qu'est-ce que je fais ? Je m'arrête ici ou je prends le souterrain et je vais dans le hall de la gare ? Papa a dit que mon oncle viendrait me prendre sur le quai. Et puis les souterrains m'impressionnent toujours un peu, je n'ai pas envie d'y aller toute seule. C'est décidé, je reste ici. Je pourrais appeler le numéro de mon oncle que papa m'a donné. Bah ! En attendant, je cherche mes lunettes de soleil. A peine je les ai mises sur mon nez qu'une grosse voix appelle :

– Lucrezia !

Je n'ai même pas le temps de dire « Oui ! », que je suis écrabouillée entre des bras qui me serrent et me soulèvent du sol. Mes lunettes sont toutes de travers et mon tee-shirt me remonte sur le ventre. J'ai la tête contre une espèce de fourrure et un œil qui s'écrase contre un truc pointu. Quand je me retrouve enfin par terre, je regarde le géant que j'ai devant moi.

– Tu es mon oncle Tonino ?

– Bien sûr que c'est moi ! Viens, donne-moi ta valise, on va à la maison. Ça s'est bien passé, le voyage ? Tu es fatiguée ? Tu as mangé ? Et il descend déjà les escaliers.

Je trottine à côté de lui et je l'observe. Il est énorme, mais ensuite je m'aperçois qu'il est plus gros que haut. Il doit être grand comme papa mais on dirait Hagrid de Harry Potter. Il a une large tonsure sur le crâne et tout autour une couronne de cheveux noirs, comme les moines d'autrefois. Il a des yeux très noirs, de grosses moustaches, tout aussi noires. Mais il n'a ni la barbe de Hagrid, ni son air complètement fou. Il porte un short bleu foncé et une chemise bleu clair ouverte sur sa poitrine couverte de poils, sur laquelle pend une chaîne en or avec un grand crucifix. Ça doit être ça qui m'a fait mal à l'œil !

Nous ressortons dans le hall de la gare. Elle est toute petite avec, dans un coin, un chien qui dort.

– C'est le chien du chef de gare ? je demande.

– Celui-là ? Non, je ne crois pas. C'est un chien errant qui reste ici à l'ombre pendant la journée.

Je demande encore :

– Mais si ce n'est pas le chien de quelqu'un, qui lui donne à manger ?A Milan, il n'y a pas de chiens errants. Si par hasard il y en a un, les gens de la fourrière l'emmènent tout de suite au chenil et après quelqu'un l'adopte.

Il ne se retourne même pas.

– Bah, s'il est encore vivant, ça veut dire que quelqu'un lui donne de temps en temps un croûton de pain et de l'eau.

Nous sortons. Il y a une petite place et une fontaine. Je regarde l'horloge sur la façade de la gare. Elle marque neuf heures trente-deux. Comme c'est bizarre…

Je demande à mon oncle :

– Ici aussi vous avez eu une bombe dans la gare ?

– Une bombe dans la gare ? Non. Pourquoi ?

Cette fois, il s'est arrêté et il me regarde, perplexe.

– Parce qu'à la gare de Bologne, il y a une horloge arrêtée à dix heures et quelque chose, et c'est l'heure où la bombe a explosé en août 1980…

Papa me l'avait expliqué l'année dernière.

Alors il regarde l'horloge puis il éclate de rire :

– Mais non ! Elle est simplement cassée !

– Oui, mais si quelqu'un n'a pas sa montre et veut regarder l'heure de la gare, il rate sûrement son train, et je ne trouve pas ça drôle du tout.

Il pousse un soupir et ne répond pas.

Au coin du bâtiment, il y a un autre chien qui dort, allongé sur le trottoir.

Mon oncle s'arrête devant une voiture toute sale, il ouvre avec des clés la portière arrière, met la valise dedans, puis, toujours avec ses clés, il ouvre sa portière, entre dans la voiture et débloque la sûreté de mon côté. La voiture de papa a une ouverture centralisée, celle de maman aussi. Avant d'entrer, je passe un doigt sur la vitre et je le regarde. Il est couvert d'une poussière rougeâtre.

– C'est du sable, me dit mon oncle quand je m'assieds.

Il a descendu sa vitre avec une drôle de manivelle et il conduit avec un coude appuyé sur le bord, qui dépasse.

– On a le *favonio* qui souffle, ces jours-ci. Un vent chaud qui apporte le sable du désert. Il faut garder les fenêtres fermées, et même les volets, sinon tout devient brûlant : les assiettes, les verres, les vêtements à l'intérieur des armoires. Il vaut mieux ne pas sortir de la maison. Le *favonio* rend les gens fous.

– Il rend fou ?

– Oui, ceux qui sont nerveux deviennent encore plus nerveux. Ceux qui sont jaloux deviennent encore plus jaloux. Les dettes paraissent encore plus lourdes et les torts encore plus impardonnables. S'il doit y avoir un meurtre, il aura lieu pendant les jours de *favonio*. Il n'y a qu'à la mer qu'on est bien.

– San Severo est sur la mer ? je demande.

– Non, répond-il en souriant.

Au secours !!!

– Mais Lesina Marina oui, précise-t-il.

Je regarde autour de moi. En effet, toutes les fenêtres des maisons sont fermées, les volets clos, et il n'y a personne dehors. Le *favonio* fait tourbillonner les vieux papiers et les entraîne à travers les rues.

J'écris un SMS à papa : *Bi1 AriV. Le favonio souffle. Chiens abandonnés ds la gare. Oncle Tonino ressemble à Hagrid et il a une auto pourrie. Tu me mank !!!*

Aussitôt la réponse arrive : *Ha... Ha... Ha... tu ne pouvais pas mieux tomber : c'est la situation idéale pour comprendre le coin. Observe et note bien tout. Après, tu me raconteras. Embrasse tout le monde. Un baiser, Princesse !*

Qu'est-ce qu'il trouve si drôle ?

Je baisse moi aussi ma vitre et je mets le bras dehors. Le vent est vraiment brûlant. Papa ne me laisse pas mettre mon bras dehors, il dit que c'est dangereux. Dans la voiture, s'il fait chaud, il met l'air conditionné et on est très bien dedans, même avec toutes les fenêtres fermées.

Puis il me vient une idée. Je regarde les sièges derrière : il y a trois places riquiqui, peut-être à peine deux et demi.

– Mmm... Comment tu fais quand tu voyages avec ma tante et les quatre garçons ?

– Le plus petit est dans les bras de Mariella, les trois autres sont derrière.

On ne peut pas monter dans une voiture à six. Je le pense mais je ne le dis pas. J'ai l'impression de penser tout de travers. Ce doit être le favonio.

– Tu te demandes pourquoi j'ai une voiture aussi vieille et aussi petite, hein ?

Mince ! Peut-être qu'il sait lire dans les pensées !

– Ici, les voitures, on les vole, Lucrezia, surtout celles qui sont neuves et qui coûtent cher. Comme nous n'avons pas de garage et que nous devons laisser les nôtres dehors, Mariella et moi nous avons deux vieilles bagnoles. A notre avis, trop moches pour qu'on les vole. Cela dit, on pourrait se tromper, sortir un matin et trouver un grand vide à l'endroit où on les avait laissées. Mais jusqu'à maintenant, ça n'est jamais arrivé.

– J'ai compris.

En réalité, je ne suis pas sûre d'avoir bien compris. Je résume : horloge de la gare cassée, chiens abandonnés, vieux papiers par terre, voitures pourries parce qu'on les vole, ville déserte, favonio, un Hagrid pour tonton. Où donc suis-je tombée ?

CHAPITRE HUIT

On prend l'autoroute et au bout d'un moment j'aperçois des éoliennes. Il y en a tellement ! Et elles tournent lentement. Cette année, en classe, on a fait une recherche sur les énergies renouvelables.

– Whaou, qu'elles sont belles ! Papa dit qu'aux Etats-Unis, il a vu une fois un endroit avec plein d'éoliennes qui faisaient un bruit terrible, un énorme FLOP FLOP.

L'oncle Tonino ralentit et on écoute, mais on n'entend aucun bruit.

– Peut-être qu'à l'endroit où était ton père, il y en avait davantage, ou qu'elles tournaient plus vite, suggère-t-il.

– Oui, peut-être. Et donc, à la mer, vous ne payez pas l'électricité ? Pas mal ! Quand je serai grande, j'habiterai une maison construite selon les règles de la bio-construction !

– Intéressant... En tous cas, les factures, on les paie tout de même, répond mon oncle en riant. Je ne sais pas pourquoi, mais il rit presque chaque fois que je parle.

– Tu sais que tu dis des choses vraiment bizarres pour une gamine de ton âge ?

– Et tes enfants, ils ne disent pas des choses bizarres ?

– Je n'ai pas l'impression.

– Peut-être parce que ce sont tous des garçons.

– Oui, c'est peut-être pour ça. Peut-être que nous ne sommes pas habitués à écouter parler les filles.

Mais il continue à ricaner sous ses moustaches.

Je décide de ne plus parler jusqu'à la maison.

Nous passons un péage puis nous roulons au bord d'un lac. Je voudrais lui dire que je sais que c'est le lac de Lesina parce que papa m'en a parlé, mais je me tais.

Puis nous arrivons à une tour sarrasine (ça aussi, je le sais), nous tournons à droite et nous pénétrons dans Lesina Marina. Nous tournons à droite, à gauche, dans plusieurs rues, et au moment où je comprends que j'ai perdu complètement le sens de l'orientation et que je ne pourrai donc pas m'échapper (si besoin était), mon oncle gare la voiture et m'annonce que nous sommes arrivés.

Nous descendons. C'est une petite rue avec des maisons blanches, basses, mignonnes, aux persiennes et aux portails peints en bleu. Derrière on voit la pinède. (Papa m'a dit qu'avant la plage il y a une pinède, très belle, et qu'il y a deux ans un incendie en a brûlé une partie... mais je ne laisse pas un seul mot sortir de ma bouche.)

Tandis que je me retourne pour refermer le portail, j'entends un joyeux :

– Ô Sainte Vierge ! On dirait une Barbie !

Et puis je suis engloutie dans des bras très doux, plus doux, même, que ceux de ma nounou Emma, des bras qui sentent bon la lessive, le tout assaisonné d'une série de :

– Lucrè ! Que c'est bon de t'avoir avec nous ! Comment s'est passé ton voyage ? Tu as faim, *azzia* ? Tu veux te rafraîchir ? Tu as soif, n'est-ce pas ? *Azziatua.*

Puis, enfin, celle qui doit être ma tante Mariella s'écarte un peu, mais toujours avec ses mains posées sur mes épaules.

– Tu es vraiment très jolie ! Tu ressembles à ta maman, mais ça se voit que tu es une Monteleone ! Bon sang ne saurait mentir !

Moi aussi, je prends le temps de la regarder. Elle est comme papa, mais différente. Elle a les mêmes yeux verts, les mêmes fossettes, le même sourire. Elle a des cheveux noirs, pareils, mais elle en a aussi beaucoup de blancs. Elle est belle comme papa, mais au féminin, et elle est plus vieille, même si en fait elle est plus jeune, et plus ronde. Beaucoup plus ronde. Je le vois bien, maintenant que je peux la regarder des pieds à la tête, parce qu'elle est allée s'asseoir sur une des chaises en plastique autour de la grande table du jardin. Mais elle a des chevilles fines et maman dit qu'une belle jambe commence toujours par une cheville en fuseau.

– Alors, qu'est-ce que tu as à me regarder ? Je suis vraiment différente de ce que tu imaginais ?

– Non, parce qu'en fait, avant, je n'imaginais rien.

Tu es pareille à papa, mais différente !

– Je ne l'aurais pas mieux dit !

– Attention, Mariè ! Notre Lucrezia dit des choses bizarres, elle pose plein de questions et c'est une observatrice très futée, rien ne lui échappe !

– Ah, c'est comme ça ? Eh bien sache qu'avant j'étais très belle, au moins autant que ton père. On était les jeunes les plus beaux du quartier. Tout le monde disait « Ils en ont de la chance, les Monteleone ! ». Puis sont arrivés cinq enfants, et je n'ai plus trouvé le temps pour rester en forme et aller chez le coiffeur.

Tiens, elle a quatre enfants à ce que je sais, pas cinq ! En tout cas, elle attend ma réponse :

– Eh bien, tante Mariella. Je ne sais pas comment tu étais quand tu étais jeune, mais maintenant, comme tu es, tu me plais beaucoup. Parce que tu me rappelles papa. Tu es toute douce et tu sens bon. Et j'aime bien mon oncle Tonino qui ressemble à Hagrid de Harry Potter !

Je m'attends au même refrain, que je dis des trucs bizarres. Mais non. Mariella revient m'embrasser et me dit :

– Lucrezia, toi et moi, on va bien s'entendre. Elle a les yeux qui brillent. Je ne sais pas pourquoi.

Un hurlement arrive de la maison.

Ma tante monte l'escalier qui mène à la terrasse et disparaît à l'intérieur.

Quand elle ressort, elle a une espèce de gros poupon dans les bras. D'une main, le petit se frotte les yeux et de l'autre il tient son pouce bien arrimé dans sa bouche. Il est tout rond, il a une grosse tête avec des boucles noires, de grands yeux, énormes, avec les cils retroussés comme s'ils étaient lustrés avec du mascara. C'est un très beau bébé.

– Et voilà Daniele, surnommé Pippo. Il a bientôt deux ans, annonce ma tante.

– Bonjour Pippo. Moi c'est Lucrezia.

Le petit ôte le pouce de sa bouche et me sourit.

– Bien ! Tu lui plais. Les présentations sont faites. Tiens-le, *azzia* ! Je te montre la maison. Et elle me met dans les bras le bébé, qui est tout en sueur et qui sent plutôt mauvais. Je dois avoir fait une grimace parce que ma tante se met à rire et dit :

– Il a fait caca, on va le changer.

Mince, je ne sais pas comment on tient un enfant dans les bras ! Mais lui s'agrippe à ma hanche comme un petit singe, une jambe devant, l'autre derrière, et tout de suite je sens qu'on est en équilibre. On entre dans une espèce de salle de séjour avec des meubles blancs, un divan minuscule, une télévision et une petite cuisine.

– Tu dors ici, me dit-elle.

– Par terre ? je demande, perplexe. Peut-être que l'odeur de la couche de Pippo me bloque le cerveau, mais je ne vois pas le moindre lit dans cette pièce.

– Je t'ai avertie, elle dit des trucs bizarres, commente mon oncle, puis ils rient tous les deux. Alors Pippo aussi éclate de rire et étale sa main baveuse sur ma figure.

– Mais qu'est-ce que tu crois, *azzia* ? Que je te ferais dormir par terre ? Il y a des lits pliants dans ce meuble, on les tire le soir et on les replie le matin.

Ah ! Et comment j'aurais pu le deviner ? Puis elle me montre la salle de bains, petite, la chambre des parents, petite, où il y a aussi le berceau de Pippo, et la chambre des quatre garçons, super petite, trop même, avec deux lits superposés, chacun d'un côté de la pièce. C'est tout. Puis elle va changer la couche de Pippo. Comment ils font pour tenir tous les six là-dedans ? Et comment on va faire pour tenir à sept ?

– Nous, ici, on vit dehors, me dit oncle Tonino.

Mince, il lit donc vraiment dans les pensées !

Inquiète, je demande :

– Et quand il y a le favonio ?

– Rien ne t'échappe, à toi ! Quand il y a le favonio, on mange quand même dehors, parce que dedans, on ne tiendrait pas et si Mariella m'énerve, je suis bien capable de la tuer ! dit-il en riant.

Mais mon portable sonne. C'est maman. Je sors du jardin par le portail et pars sur le chemin pour être un peu seule avec elle. Je lui raconte le voyage et ce que j'ai vu jusqu'à maintenant, je lui dis que mon oncle et ma tante sont très sympas et que le petit est un trésor, même s'il pue un peu trop. Elle rit, rassurée. Elle me dit qu'elle va bien, que son mal de tête est passé et que tout se remet en ordre tranquillement. Il faut seulement attendre. Puis elle me dit de saluer et de remercier pour elle l'oncle et la tante. Je lui demande si elle veut leur parler, mais elle dit non, que c'est mieux comme ça.

Bizarre, parce que d'habitude, elle n'est pas timide.

CHAPITRE NEUF

A l'heure du dîner, ils rentrent tous, en maillot de bain et la serviette sur l'épaule.

Mon cousin, l'aîné, s'appelle Alfonso, « comme ton grand-père paternel » précise mon oncle. Il a dix-huit ans et il est plutôt mal élevé, en ce sens qu'il me dit à peine bonjour. Il se la joue, peut-être parce qu'il est majeur et qu'il pense que je suis une petite pleurnicheuse. C'est une espèce de copie de mon père en jeune. Grand et mince. Je sais déjà ce que me diraient mes amies, Giò, surtout : que c'est un vrai bogosse, trop craquant. Le deuxième, il s'appelle Giuseppe, « comme le grand-père Monteleone » précise encore mon oncle, il a quinze ans et il est très sympa, même s'il dit des choses bizarres. Peut-être que pour ça on se ressemble un peu.

Justement, dès qu'il m'aperçoit, il dit :

– *Miiiii !* Je n'avais jamais vu une Barbie en chair et en os, surtout en os. Qu'est-ce qu'ils vont dire demain, mes potes !

Et tante Mariella lui envoie sur la nuque un petit coup du plat de la main et dit :

– Surveille tes paroles, *uagliò* !

Giuseppe est grand, mais il est du genre enveloppé comme ses parents et comme, du reste, mon troisième cousin qui s'appelle Andrea.

Ces deux frères-là se ressemblent beaucoup : ils ont tous les deux des seins (oui, vous avez bien compris : des seins, plus gros que les miens), trois bourrelets sur le ventre et la tête enfoncée dans les épaules.

– Andrea comme qui ? je demande, pour détacher mes yeux de leur ventre.

– Comme ça m'a plu à moi ! répond tante Mariella. Tonì a bien essayé de l'appeler Carmelo parce que ma mère s'appelait Carmela, mais je lui ai dit que deux noms de la famille, c'était déjà plus que ce qu'on devait à la tradition.

Je réfléchis à voix haute :

– Alors j'aurais dû m'appeler Ingrid ou Carmela.

– Tu vois à quoi tu as échappé ! Heureusement que ta maman ne s'est pas laissé faire et a décidé de t'appeler comme elle le voulait, elle. Ces femmes milanaises, ce qu'elles décident, elles le font, dit ma tante en hochant la tête. Et, allez savoir pourquoi, ça ne m'a pas l'air d'un compliment.

Bref, pour en revenir à la description des cousins, Andrea a huit ans et il est la photocopie de Giuseppe, mais modèle réduit. Réduit dans le sens de la hauteur, pas de la largeur.

Conclusion : des quatre cousins, les trois plus petits se ressemblent énormément.

Mais tous les quatre ont en commun des cheveux presque noirs et frisés, des yeux verts, mais plus foncés que ceux de ma tante et de papa. Ils sont déjà bronzés et ils ont un très beau sourire, à part Alfonso qui reste toujours sérieux. Si les trois gras-du-bide vivaient chez nous, je suis sûre que Maman-Parfaite les obligerait à se peser tous les matins et à manger des choses saines et sans calories, même Daniele, dit Pippo, qui est encore un bébé. Je soupçonne qu'ici on mange beaucoup, et de la bonne nourriture. Zut ! Penser à la nourriture, ça ne fait tout de même pas grossir, non ? Ma nounou Emma serait ravie. Effectivement, au dîner, ma tante Mariella apporte sur la table deux gratins d'une chose rouge, blanche et noire et je découvre que ce sont des aubergines à la parmesane. C'est trop bon ! Je n'en avais jamais mangé !

Ma tante, quand elle voit que je mange tout ce que j'ai dans mon assiette, me fait un bisou sur la joue et me donne une seconde part.

Giuseppe dit à mi-voix, mais j'entends tout :

– Barbie, quand elle reviendra chez elle, elle sera *chiatta, chiatta*.

Alors elle lui allonge une autre tape sur la nuque.

Après le dîner, j'écris un SMS à papa : *TVB. Ça veut dire quoi azzia et azziatua ? Mariella m'appelle tt le tps komsa. Et uagliò ? Et l'exclamation qui fait + ou – Miiii ? G mangé 2 parts aubergines à la parmesane. Trobon !*

Papa me rappelle tout de suite. Il a du mal à parler, tellement il rit.

– Salut, Princesse ! *Azzia*, c'est un petit mot affectueux, c'est l'abréviation de *azziatua*, qui est elle-même la contraction de *bella di tua zia*. Ça veut dire la-toute-belle-à-ta-tante, ma-toute-belle. *Uagliò*, c'est garçon ou gamin, et ça se dit toujours sur un ton impératif. Quant à *Miiii*, eh bien... comment dire ? C'est la première syllabe d'un gros mot sicilien. Mais dite comme ça, en abrégé, ça signifie simplement mince ! Tu as vraiment fait une *full immersion* dans l'argot local ! Alors, comment elle est, cette famille ? Raconte-moi, le plus possible, je sens revenir la nostalgie de ma province.

Mais tous les autres me parlent en même temps et donc je n'arrive pas à raconter. Ma tante m'arrache le portable des mains et raconte à papa que je suis belle « comme la Barbie », même si je suis tout en os – Comment ça se fait ? Est-ce qu'à Milan ils ne me nourrissent pas assez ? –, que j'ai mangé ses aubergines à la parmesane – Est-ce qu'il se rappelle comme les siennes sont bonnes ? – et que je suis sympathique mais que je dis des choses bizarres, peut-être parce que je suis milanaise et peut-être aussi parce que je suis la fille de ma mère, et qu'en définitive je suis adorable et qu'elle est si heureuse de m'avoir ici. Enfin elle me repasse papa. Il me dit :

– J'ai compris que je ne peux pas te parler maintenant. Ecris tout, et après tu m'envoies un e-mail. Je sens que ta tante est ravie, mais là-dessus, je n'avais aucun doute. Au revoir, ma princesse, bonne nuit ! On se parle demain. Bisou.

J'appuie sur le bouton rouge et je me sens comme si on m'avait volé la communication.

Puis je me rappelle que je n'ai pas demandé à papa ce que veut dire *chiatta*.

CHAPITRE DIX

Tout à coup, c'est le branle-bas de combat. Les trois cousins courent dans la maison en criant :

– C'est à moi !

– Non, hier c'est toi qui es entré le premier !

– Non, c'est pas vrai !

– Mais moi j'ai un rencard, je vais être en retard !

– Et qu'est-ce que ça fait ? Tu dois toujours être le premier, juste parce que t'es l'aîné ?

Daniele, surnommé Pippo, réclame lui aussi. Il veut descendre de sa chaise haute. Ma tante lève les yeux au ciel et le fait descendre. Et le voilà qui crapahute dans toute la maison.

Ma tante soupire :

– Sainte Patience ! Et elle se met à débarrasser la table. Je la suis en portant les assiettes sales. Dans la maison, les trois garçons continuent à se disputer devant la porte de la salle de bains. Le petit aussi participe à la discussion : assis au milieu des belligérants, il pleure, désespéré.

Je m'attends à ce que ma tante dise quelque chose, mais elle semble ne pas voir et ne pas entendre.

On sort prendre les verres et le reste. L'oncle Tonino est extrêmement occupé : il fume une cigarette en regardant le soleil couchant. Nous rentrons avec le dernier chargement et les quatre garçons sont encore en train de se chamailler devant la salle de bains. Maman dirait qu'ils ont dépassé le niveau maximum du bordel supportable. En effet, ma tante frappe avec un bruit retentissant la casserole de sauce contre l'évier minuscule, maintenant débordant d'assiettes de la minuscule cuisine, et se jette sur les quatre (du plus grand au plus petit). Elle distribue des claques à hauteur de la tête des uns et des autres, style distribution des prix , en hurlant plus fort qu'eux :

– Vous n'avez pas bientôt fini ? Tous les soirs la même histoire ! Si vous continuez comme ça, personne ne sort ! Vous n'avez pas le moindre respect.

Je les regarde, bouche bée. Maman et papa ne m'ont jamais frappée, en tout cas, pas depuis que je suis assez grande pour m'en souvenir. Peut-être qu'avoir affaire à quatre fils, ce n'est pas pareil que de s'occuper d'une fille unique. Mais à partir de combien d'enfants les mères deviennent folles ? Parce que si c'est deux, alors à partir de janvier je serai dans le pétrin, moi aussi.

– Alors, ce soir, d'abord Giuseppe, puis Alfonso, puis Andrea et sans discussion ! ordonne ma tante.

– Mais c'est pas juste, j'ai rendez-vous, moi ! proteste Alfonso.

Ma tante menace :

– Celui qui dit « mais » passe en dernier ! Et exactement dix minutes chacun, chronométrées. Mais c'est quoi, chaque soir, ces simagrées ? Vous me ferez devenir folle, vous trois.

Puis elle attrape le petit qui n'a pas cessé de pleurer et me le passe :

– *Miii !...* Lucrè, porte-le à Tonino qui devrait avoir fini de fumer, Monsieur !

Je prends Pippo, je le caresse un peu pour le calmer, je lui sèche ses larmes, il met un doigt dans sa bouche, puis je vais dans le jardin. L'oncle Tonino est encore en train de contempler l'horizon, ça a l'air d'une activité très sérieuse.

– Tante Mariella demande si tu peux tenir Pippo pendant qu'elle fait la vaisselle.

– *Miiii !* Jamais je peux être un instant en paix ? Viens ici, Pippo à papa !

Et il tend les bras vers son fils.

Mais Pippo ôte le pouce de sa bouche, avec sa main pleine de salive il empoigne ma joue gauche et avec l'autre plus ou moins sèche, il s'agrippe à mon oreille droite, le tout en lançant un cri terrifiant. Et même plusieurs, à la suite les uns des autres, effet sirène des pompiers.

– Hé ! reste avec Lucrezia, alors, dit mon oncle, et il franchit le portail.

Sur le bord du chemin, il allume une autre cigarette et se met à regarder avec la plus grande attention à gauche, puis à droite. Pippo cesse immédiatement de pleurer et, avec son index baveux et tout boudiné, il m'écrase un œil :

– Neuil !

Puis il m'enfile l'index dans l'oreille :

– Oneille !

Puis dans la bouche (c'est dégoutant, beurk !) :

– Pouche !

Puis il me tire les cheveux très fort :

– Ceveux !

J'essaye de le poser par terre mais il se remet à hurler comme un forcené. Je me résigne à le tenir dans mes bras et je rentre dans la maison voir ma tante.

Vraiment je ne suis plus sûre maintenant de vouloir un frère ou une sœur qui serait une peste, celui-là m'a déjà épuisée en moins d'une demi-journée. Et puis, il pèse une tonne.

Ma tante, comme par miracle, a réussi à laver la vaisselle, à mettre en ordre la cuisine et s'essuie les mains sur le torchon.

– Tu l'aimes bien, Lucrezia, hein ? dit-elle en donnant un baiser sur la tête de son fils.

– Kessia, gazouille le petit. Belle ! me hurle-t-il ensuite dans les oreilles.

Ma tante rit, moi un peu moins.

Puis, pendant que Pippo recommence le jeu

neuil-oneille-ceveux, apparaît Alfonso attifé trop classe pour sortir. Malgré l'index baveux qui tantôt me ferme un œil, tantôt me bouche une oreille, je peux admirer : tee-shirt blanc hypermoulant sur des abdos et des pec' sculptés (que j'avais déjà remarqués quand il était rentré en maillot de bain), un lacet en caoutchouc noir avec un pendentif bleu autour du cou, divers bracelets au poignet, tous noirs ou acier, bermuda écossais, et… ça c'est trop !… mes Converse préférées, les basses, bleu clair. Il a tiré ses cheveux en arrière avec un demi kilo de gel effet mouillé et il a posé dessus des lunettes de soleil qui font miroir. A quoi peuvent-elles lui servir, en pleine nuit ?

Il passe devant moi comme si j'étais transparente et il disparaît en lançant à tous un :

– Je sors !

– Regarde-le, celui-là, commente ma tante. Il joue au *latilov*, mais avec les femmes, c'est un désastre.

Pippo recommence avec l'œil, l'oreille, et cette fois j'ai vraiment envie de le tuer.

– C'est quoi un *latilov*, ma tante ? je demande, plus pour me distraire de la tentation de supprimer mon cousin que par envie de connaître le sens d'un nouveau mot incompréhensible.

– Un playboy, un qui sait y faire avec les femmes, comment ça se prononce en anglais ?

– Ah ! Un *latin lover* !

– Et moi, qu'est-ce que j'ai dit ? Un *latilov* ! Tiens, voici deux autres *latilov*. Où est-ce que vous allez ? A la discothèque ?

– Ce soir, au Ponant, ça va danser ! annonce Giuseppe. Il a mis un tee-shirt moulant, rose clair, un peu court. Il me rappelle ces gélatines de fraises toutes tremblotantes à la fin des repas chez mamie Ingrid. En dessous il a un grand bermuda en jean, à taille très basse qui lui descend jusqu'à mi-mollet, genre rappeur, si vous voyez. Avec l'élastique du slip qui dépasse : un élastique noir avec écrit dessus DeG en orange sur tout le pourtour. C'est écrit exactement comme ça, avec le e normal et pas le & tout entortillé. Aux pieds, d'énormes Munich violettes.

Inutile de vous dire qu'Andrea est la copie mini (en hauteur mais pas en largeur) de Giuseppe. Tee-shirt violet, gros bermuda en jean noir, Munich orange aux pieds. Et l'élastique du slip bien en vue, toujours DeG.

– Et toi, *uagliò*, où est-ce que tu vas ? l'interpelle tante Mariella, l'air menaçant.

– Au Ponant, danser, répond Andrea.

– Non mais ! Qu'est-ce que tu crois ? Tu te prends pour un grand, comme tes frères ? Au Ponant, tu y vas pour manger une glace et à minuit, tu es de retour à la maison !

– *Miiii !* J'en ai marre de toi, tu ne me laisses jamais rien faire ! proteste Andrea, tandis que son frère lui donne une tape sur la nuque, en rigolant.

– Et toi, ne fais pas le malin. A une heure, tu es à la maison, toi aussi ! précise ma tante.

– Oh, mais c'est quoi, ça ? J'ai pas quinze ans, moi ! C'est trop injuste. Alfonso peut rester dehors tant qu'il veut, et moi je dois rentrer comme un mioche ?

– Une heure moins le quart.

– Eh non ! Maman !

– Minuit et demi !

Tous les deux s'enfuient en courant. Giuseppe de peur de se faire ratiboiser un peu plus sa permission de sortie, Andrea trop content de voir que son frère aîné a seulement une demi-heure d'avantage sur lui.

Je regarde dehors. L'oncle Tonino est encore devant le portail. Quand ses fils passent devant lui, il administre à chacun une tape sur la nuque :

– Apprenez les bonnes manières, garnements ! Tous les soirs la même comédie ! Si ça continue, je vous mets au pain et à l'eau !

– Hé, Lucrè, *azzia*, tu viens te promener avec nous ? me demande ma tante quand la maison est enfin silencieuse.

– Ma tante, ça ne t'ennuie pas si je ne viens pas ? Je suis très fatiguée à cause du voyage et chez moi je n'ai pas l'habitude de veiller tard. Si tu m'ouvres le lit, je lis quelques pages de mon livre et je m'endors.

Elle me regarde, perplexe :

– Mais à quelle heure tu te couches, d'habitude ?

– Eh bien, l'hiver, à neuf heures. L'été, juste après le film ou dès dix heures parce qu'après je lis un livre.

– Je crois que tu vas devoir changer tes habitudes. Ici on se couche tard, on se lève tôt et on dort l'après-midi pour récupérer. C'est bon, je t'ouvre le lit. Nous, de toute façon, il faut qu'on aille se promener, sinon Pippo ne s'endort pas.

Elle ouvre le meuble blanc et, comme par magie, apparaît un beau lit une place, tout prêt, avec des draps à rayures et un oreiller avec la taie assortie.

– Tiens Pippo encore un peu, le temps que je m'habille, dit ma tante, et elle disparaît dans sa chambre.

Je m'assieds sur le lit, je pose Pippo à côté de moi et je lui fais le jeu du coucou-bouh. Chaque fois que j'ôte les mains de mon visage en criant « bouh ! », il rit tellement que j'ai peur qu'il s'étouffe.

Ma tante est tout de suite prête. Elle a passé une robe moulante à grosses fleurs (ou peut-être que les fleurs étaient petites et que sur son corps elles se sont agrandies) avec des volants sur les épaules qui à mon avis attirent encore plus l'attention sur ses bras trop potelés. Elle s'est fait une espèce de chignon retenu par une pince orange. Mais il n'est pas comme le chignon de maman qui est bien tiré et impeccable, le sien est souple et laisse s'échapper des boucles autour de son visage. Ça lui va vraiment bien, même si je n'aime pas la pince en plastique. Je voudrais lui dire que maman a de très jolies barrettes, comme ça elle pourrait elle aussi s'en acheter, mais finalement je ne lui dis pas, je ne sais pas pourquoi.

Ma tante prend Pippo dans ses bras. Le petit se met aussitôt à crier parce qu'il veut encore jouer à coucou-bouh mais, après, quand elle lui dit qu'ils vont se promener, il a l'air content et il me fait au revoir de la main.

– Avoi, Kessia ! me hurle la peste parce que je n'ai pas été assez rapide pour lui dire au revoir. Ma tante l'installe dans la poussette et ils s'en vont avec mon oncle Tonino.

Je vais me laver les dents, je me mets en pyjama puis je m'allonge sur le lit. J'éteins la lumière et je me dis que je vais me reposer un peu avant d'écrire quelques SMS à mes amies. En réalité je m'endors à l'instant même et je n'entends revenir ni mon oncle et ma tante avec Pippo, ni Andrea à minuit, ni Giuseppe à minuit et demi, ni Alfonso à je ne sais quelle heure.

CHAPITRE ONZE

Le lendemain matin, je me réveille et je regarde mon portable : il est sept heures. Je pourrais presque rester encore un peu au lit, mais bientôt j'aperçois ma tante qui s'affaire entre la cuisine et le jardin.

Je m'étire, je sors du lit et je vais voir dehors.

– Lucrè, *bella di zia*, bonjour, je t'ai réveillée ?

– Bonjour, ma tante. Non, pas du tout. Tu ne fais pas plus de bruit qu'un léopard dans la forêt.

– Eh... tu peux dire aussi qu'un éléphant dans la jungle. En tout cas, depuis toutes ces années que je suis de garde à l'hôpital, j'ai appris quelque chose : moins on fait de bruit, moins les malades se réveillent, moins ils te demandent ceci ou cela, plus tranquille tu es. Et ici, à la maison, c'est la même chose. Dans un quart d'heure le concert va commencer. Viens, le petit-déjeuner est déjà prêt.

Sur la table, il y a une grande assiette avec plein

de tranches de pain arrosées d'huile d'olive et dessus une demi-tomate écrasée parsemée d'origan, une cafetière fumante, une brique de lait et un sac de *taralli*, des gâteaux secs délicieux avec des graines de fenouil, qu'on peut manger à la place du pain. Stop. Pas de yaourt. Pas de céréales, pas de confiture. Et moi, maintenant, qu'est-ce que je mange ?

– Vas-y, prends une tartine et dis-moi si tu préfères une tasse de café ou du lait.

A dire vrai, je n'ai envie de rien de ce qui est sur la table. Comment peut-on manger ce pain tout gras et, pire encore des *taralli*, qui sont salés ? Je voudrais quelque chose de sucré, de très doux. Et puis, si je ne mange pas de yaourt, j'ai l'impression que je ne pourrai pas aller aux toilettes.

– Alors, Lucrè ?

– C'est bon pour le lait, merci ma tante. Mais, il faut que te dise… j'ai un problème. C'est que… si je ne mange pas de yaourt… eh bien… euh… je n'arrive pas à aller aux toilettes.

Ça y est ! Je l'ai dit, mais seulement parce que je sais qu'elle est infirmière.

– Bonjour belles dames ! De quoi parlez-vous ? demande oncle Tonino avec sa grosse voix.

– Oh rien. C'est juste que Lucrezia souffre de constipation.

Et voilà ! Vive le respect de l'intimité !

– Où est le problème ? Il suffit qu'elle mange une figue et tout ira bien, dit mon oncle.

– Tu as raison, Tonì. Je vais lui en chercher une. La figue, c'est vraiment ce qu'il faut pour tout faire descendre.

Et ma tante entre dans la maison.

– Qui est-ce qui est constipé ? demande Giuseppe qui apparaît dans l'escalier en se frottant les yeux.

– Lucrezia. Tu sais comment c'est quand on change d'endroit.

Merci, c'est trop gentil !

– Ah, ça m'est arrivé à moi aussi quand je suis allé en excursion à Rome. Seulement, c'était l'hiver et il n'y avait pas de figues, et donc je n'ai pu le faire que quand je suis revenu à la maison, explique Giuseppe.

Je voudrais mourir ! Alors je mange la tartine la

plus petite que je trouve (délicieuse, je dois l'avouer), puis la figue que ma tante m'a épluchée (trop bonne) et pour finir je bois mon verre de lait. Le tout à toute vitesse, parce que je ne veux pas qu'on me pose d'autres questions intimes. Je rejoins ma tante dans la cuisine : tous les feux de la gazinière sont allumés et elle soulève alternativement les couvercles de trois casseroles, remue, goûte, ajoute un peu de sel, mélange à nouveau, remet les couvercles. Je suis sidérée :

– Mais tu cuisines déjà ?

– Quand je ne suis pas déjà au travail, je me lève à six heures et je fais en même temps la cuisine pour le déjeuner et le dîner, comme ça tout est prêt et je n'ai plus à y penser.

– Tous les jours ?

– Lucrè, ceux-là, ils mangent comme des buffles, tous les jours, et ce n'est pas parce que je suis en vacances que je suis dispensée de cuisiner. Toute l'année, c'est la même chose. Mais j'ai presque fini. Maintenant j'épluche et je coupe les fruits à emporter à la plage, puis je vais réveiller les garçons et comme ça vous partez à la mer et moi je fais le ménage.

– Tu ne viens pas à la plage ?

– Si, mais plus tard.

Elle a la vie dure, ma tante ! Nous trois, quand on part en vacances, on va à l'hôtel et alors personne n'a rien à faire, ou alors on loue un appartement, mais pour le déjeuner on fait seulement mozzarella et tomates ou melon et jambon et le soir on va dîner dehors.

Puis elle dit à mon oncle ce qu'il faut qu'il prenne au supermarché et il part faire les courses parce qu'ici les supermarchés ouvrent tôt. Moi, pendant ce temps, je refais mon lit et je l'enferme dans le meuble, puis je vais dans la salle de bains avant qu'elle soit prise d'assaut par les autres. Je me lave, je me coiffe, et j'enfile mon maillot, un débardeur blanc, mon short en jeans (vous ne vous y attendiez pas ?) et je prépare mon sac de plage. Maintenant je suis prête.

Ma tante va réveiller Pippo, qui reste un bon moment à moitié endormi dans ses bras et boit en somnolant son biberon taille maxi, avec la tétine coupée à mi-hauteur pour faire descendre le lait plus vite.

Pendant ce temps Giuseppe s'envoie consciencieusement une tartine après l'autre. Alors Pippo réalise que moi aussi je suis là. Il me lance un sonore :

– Kessia !

Il descend des bras de sa mère et s'agrippe aux miens. Il est tout collant de sueur et de sommeil et a une haleine à tomber à la renverse.

– Tiens-le, *azzia*, que je prépare d'autres tartines à l'huile et aux tomates, dit ma tante. Et elle disparaît dans la maison.

– Bonne chance !!! lance Giuseppe, qui s'en va après avoir fait disparaître toutes les tartines. Pippo recommence le jeu Neuil-Oneille-Ceveux. Ma tante apporte une nouvelle assiette. Andrea descend à son tour l'escalier et se jette sur les tartines. Puis c'est Alfonso qui, pensif, prend place à table. Mariella les presse de questions :

– Où tu es allé ? A quelle heure tu es rentré ? Qui était avec toi ?

Eux, ils font tout leur possible pour éviter de donner des réponses claires, alors elle leur crie qu'ils lui manquent de respect, et eux qu'elle arrête de leur casser les pieds. Pippo continue son jeu Neuil-Oneille-Ceveux comme si de rien n'était, mon oncle revient du supermarché avec les sacs remplis, ma tante lui crie dessus parce qu'il a oublié l'huile, mon oncle lui réplique qu'elle n'a qu'à y aller elle-même, les deux garçons disparaissent et je ne sais pas comment...

Il est déjà dix heures ! Dix heures ? A la mer, d'habitude, je me suis déjà baignée deux fois et j'ai lu la moitié d'un livre.

Maintenant tante Mariella crie qu'il est déjà dix heures, qu'est-ce qu'on vient faire à la mer si c'est pour rester à la maison ? Dehors tout de suite, sinon elle se met en pétard, elle a encore le ménage à faire.

Pour ne pas me trouver embarquée dans l'engueulade générale, je prends mon sac et je me tiens prête, près du portail.

Au bout d'un moment (un long moment !), mon oncle arrive en maillot de bain, le ventre à l'air avec une serviette sur l'épaule suivi, dans l'ordre, d'Andrea, Giuseppe et Alfonso (tous également en slip de bain et le ventre à l'air), puis de ma tante, encore en chemise de nuit avec Pippo dans les bras.

Elle dépose Pippo dans la poussette et confie le tout à son père.

Nous sommes poussés hors du jardin aux cris de :

– Dehors, dehors ! Il est tard ! Il faut encore que je fasse le ménage.

CHAPITRE DOUZE

Alfonso s'éloigne après un laconique :

– J'y vais.

– Avoiii Fonso, dit Pippo en agitant la main. Lui se retourne à peine.

Je lui lance :

– Au revoir, Alfonso ! Mais il ne répond pas.

Giuseppe tente de le suivre, mais son frère lui ordonne d'aller se faire f…, alors il marmonne quelque chose et reste dans notre petit groupe, à râler contre des privilèges des plus grands. Puis passe un de ses amis à bicyclette, une Graziella blanche toute déglinguée et, dès qu'il nous voit, il s'arrête net.

– Giusè, qui c'est celle-là ? demande-t-il.

– Bonjour, *uagliò*. On dit pas bonjour, hé ? lui dit mon oncle.

– Salut. Alors qui c'est ? insiste-t-il.

– C'est ma cousine, Lucrezia.

– Eh ! On dirait une Barbie, déclare-t-il.

Encore cette histoire !

Je passe ma vie à m'efforcer de ne pas ressembler à Barbie et ceux-là, ils ne trouvent rien de mieux que de me pourrir avec ça. Si maman les entendait !

– Tu veux faire un tour à vélo ? me demande ce type. Il a plus ou moins l'âge de Giuseppe, mais rien à voir avec la bonne tête sympathique de mon cousin. Il est maigre, il a des cheveux tartinés de gel et une espèce de queue de rat derrière la tête, des lunettes de soleil miroir genre Ray Ban classiques, plein de petits colliers au cou et un bracelet de faux Smarties qu'il porte sur le biceps. Il a un maillot de bain long jusqu'au mollet. Et puis il a voulu savoir comment je m'appelle, mais il ne s'est pas présenté. Maman dirait qu'il est diplômé en mauvaise éducation.

D'un air gentil, je lui réponds :

– Non merci.

– C'est comme tu veux ! Il hausse les épaules et s'apprête à partir.

Alors Giuseppe le saisit par un bras et lui dit : « Moi, je monte. »

– Mais quoi ? T'es con ou quoi ? Tu veux que je me rétame ?

Même moi je ne voudrais pas emmener Giuseppe sur ma bicyclette, mais mince ! Il y a sûrement une manière plus gentille de le dire.

– C'est moi qui pédale, descends ! lui dit mon cousin. Si bien que l'autre descend et laisse la place à Giuseppe. Puis il monte debout derrière et ils s'en vont.

– Avoiii Peppe, crie Pippo, agitant sa petite main.

– Salut Pippo, hurle son frère.

Puis un ami d'Andrea nous rejoint et aussitôt il lui demande :

– Et celle-là, c'est qui ?

Pas de « bonjour », pas de « comment ça va ». Il est grassouillet lui aussi, mais moins qu'Andrea.

– Qu'est-ce qui vous prend, ce matin ? Personne ne dit bonjour ? demande mon oncle. Et il essaye de lui donner une tape sur la nuque, que l'autre esquive en riant.

Andrea me présente :

– C'est ma cousine Lucrezia. Elle est de Milan.

– Moi c'est Antonio.

– Bonjour, dis-je.

– Tu ressembles à Barbie, dit Antonio.

Je ne trouve rien à lui répondre.

– Tu viens avec nous ? demande Andrea.

– Non, merci, je reste avec mon oncle et Pippo.

Il ne manquerait plus que ça, que je me balade avec des enfants de huit ans !

– Alors salut, disent-ils, et ils partent en courant.

– Avoiii, Avoiii Andea, fait Pippo en agitant la main, puis il se tourne vers nous et il dit :

– Fonso, Peppe, Andea patti !

Il est trop craquant quand il est tout propre et qu'il sent bon !

Je lui demande :

– Pippo, tu veux que je te pousse ?

– Viii, Kessia ! Pousse Pippo ! Il est super content.

Mon oncle en profite pour s'allumer une cigarette. Je pousse très fort la poussette et je la laisse aller toute seule en avant, puis je la rattrape. Pippo rit comme un fou et dit :

– Enco !

On achète le journal. Pour aller à la plage on passe par une très belle pinède. Sur la place, il y a plein de marchands à la sauvette, des Noirs qui vendent des maillots de bain, des colliers, des sandales DeG, des lunettes de soleil et des tee-shirts de marques du même genre. Mes amies seraient folles de joie ! Il faut que je leur envoie tout de suite un SMS !

On arrive sur la plage. Il fait très chaud. Elle est très grande et il y a plein de parasols orange, tous occupés. Mon oncle avance en saluant plein de gens sur son passage.

Quand nous arrivons à la deuxième rangée, la deuxième en partant de la mer, je veux dire, il se glisse entre les parasols. Moi je quitte l'allée en planches et tout de suite je m'enfonce avec la poussette dans le sable. Mon oncle se met à rire :

– Il faut que tu te retournes et que tu la tires derrière toi.

Je le regarde, perplexe.

– Avance en marche arrière en levant les roues de devant.

Peut-être que j'ai compris. Je retourne la poussette et je la tire en faisant levier sur les roues de derrière. Que c'est dur !

Finalement j'arrive au parasol et j'ai l'impression que tout le monde me regarde en pensant que je suis une empotée. Tonino étend sa serviette sur le transat, s'installe confortablement et ouvre son journal. J'hésite un instant : et Pippo ? Alors je suspends mon sac de plage au crochet du parasol et j'essaie d'ôter mon débardeur, mais déjà Pippo s'est mis à hurler. Mon oncle ne lève pas les yeux de son journal, l'article qu'il lit doit être vraiment intéressant. Je défais la sangle de la poussette et je fais descendre mon cousin. Aussitôt il s'assied dans le sable et se met à jouer. Je retire mon débardeur et mon short, puis je sors ma serviette de mon sac.

– Bonjour Tonino, qui est cette jolie jeune fille ? demande la dame du parasol d'à côté.

– Ma nièce Lucrezia. La fille de Marco, le frère de Mariella.

– Ah, celui de Milan ! Bonjour, ma belle. Moi, c'est Maria ! me dit la dame.

Je souris.

– Tonino, ce serait pas la fille du mannequin ? demande une autre.

– C'est elle, répond-il de derrière son journal.

En vérité ma mère *a été* mannequin.

– Bonjour, moi, c'est Maria.

Elle aussi ! Je souris.

– Mais alors, tu es la fille du pilote ? demande encore une autre.

– Oui.

Et je continue à sourire. Je vais attraper des crampes aux joues. Les trois dames se regardent d'une manière… comment vous expliquer ? Comme si elles se disaient des choses même si elles ne disent rien.

– Une belle môme !

– Pour ça oui, elle est belle.

– Elle a l'air d'un mannequin, elle aussi.

– Qui est cette très jolie jeune fille ? On dirait une Barbie ! demande une quatrième dame qui s'est approchée elle aussi.

L'oncle Tonino ne se donne même pas la peine de répondre.

– C'est la fille du pilote, tu sais ? Le frère de Mariella, dit l'une.

– Celui qui a épousé le mannequin, tu te rappelles ? Et j'ai une fois de plus l'impression qu'elles se rappellent entre elles quelque chose que, moi, j'ignore.

– Ah !!! dit en effet la quatrième, comme pour signifier : ça y est j'ai compris !

Moi, pendant tout ce temps, je souris comme une idiote, mais je n'en peux plus.

– Mon oncle, je peux aller me baigner ?

– Va, va, répond-il sans détacher les yeux de son journal.

Je demande :

– Et toi, tu surveilles Pippo ?

Il écarte d'un coup son journal, comme s'il venait de se souvenir de la présence de son plus jeune fils.

– Oui, oui, tu peux y aller.

J'ôte mes lunettes de soleil, je prends celles pour la plongée et je pars, suivie par les hurlements de Pippo :

– Kessia ! Pippo bainé ! Kessia ! Kessia !

Je me retourne une seule fois : Pippo crie. Son père, impassible, lit son journal, les quatre dames me regardent et commentent. Pippo continue à hurler, dans l'indifférence générale. Tous ces adultes autour et aucun qui ne lui prête attention.

La mer est pleine d'enfants qui s'éclaboussent et jouent avec des ballons ou des petits filets de pêche, bardés de bouées autour de la taille, des bras ou tout à la fois. Papa dit que la meilleure méthode pour NE PAS apprendre aux enfants à nager c'est qu'ils aient tout le temps des bouées autour de la taille ou des bras. Sur le bord, les pieds dans l'eau, les mères papotent entre elles et surveillent leurs enfants à distance. Les enfants appellent souvent : « Maman, regarde ! », « Maman, il m'éclabousse ! », « Maman, il veut pas que je joue avec lui ! », mais elles continuent à bavarder, et plus ou moins vite les enfants se lassent de les appeler.

J'entre dans l'eau. Elle est froide, mais ce n'est qu'une impression. Une eau vraiment froide, c'est celle de Croatie. Papa dit que, quand il était petit, ici, dans les Pouilles, il se baignait de mai jusqu'à fin octobre.

Je me fraye un chemin à travers l'espace enfants jusqu'à l'endroit des jeunes. Eux aussi s'éclaboussent et jouent avec un ballon, mais sans bouées aux bras. Quand ils me voient, tous s'arrêtent, plus ou moins en même temps.

– Hé ! T'es nouvelle ? me dit l'un.

– Tu viens juste d'arriver, hein ? T'es blanche comme une mozzarella, me dit un autre.

– Tu n'es pas d'ici, hein ? me dit un troisième.

– T'es exactement comme Barbie ! commente son voisin.

Les filles me regardent en silence.

– Je la connais. C'est la cousine de Giuseppe, dit l'ami de mon cousin, celui à la bicyclette.

Je me présente :

– Salut, je m'appelle Lucrezia.

« Salut » ou « Ciao ! », répondent en chœur les garçons. Les filles restent muettes.

L'ami de Giuseppe s'approche et m'attrape par un bras :

– Viens, viens t'amuser avec nous !

– Non, merci ! J'essaie de me dégager. Ce type ne me plaît vraiment pas. Il est lourd. Et puis je déteste quand on me touche comme ça. Mais il remet ça :

– Allez, viens ! Fais pas ta mijaurée !

Et le voilà qui me prend par la taille. J'essaie de me dégager, mais ses mains me serrent plus fort. Soudain, d'une main, il me touche les fesses. Je lui balance un coup de pied pour me libérer.

– Qu'est-ce que tu viens faire dans l'eau, si tu ne veux pas t'amuser avec moi ? me demande-t-il à voix basse.

Je réponds :

– Je suis venue pour nager.

Et je continue à envoyer des coups de pied. Au bout d'un moment, il me lâche. Quelques-uns ont dû atteindre leur but.

– Tu ne perds rien pour attendre, me dit-il, en plissant les yeux.

Il a un regard horrible, on dirait un serpent. Puis il retourne vers les autres.

– Elle veut pas s'amuser, elle fait sa chochotte, la

demoiselle ! Elle est prétentieuse, comme toutes les Milanaises.

Les autres rient, surtout les filles.

Puis une éclaboussure géante passe près de moi.

– Lucrè, tout va bien ? Tu joues avec nous ?

C'est Giuseppe, qui vient d'entrer dans l'eau. Je secoue la tête sans parler. Il me dit :

– Sûre ? Alors à tout' ! Et il repart avec son effet éclaboussure géante vers ses amis.

J'ai un point de côté, comme si j'avais couru. Et puis je me sens sale, comme si j'avais sur la peau les empreintes poisseuses des mains de ce type. Je crache dans mes lunettes de natation, je les ajuste, et je pars en crawl, le plus vite que je peux, loin, toute seule, dans le silence de l'eau. Loin de ce garçon dégoûtant, loin des filles qui me regardent sans un mot, loin des enfants avec leurs bouées autour des bras, loin des mamans sur la plage et des dames sous leurs parasols.

CHAPITRE TREIZE

Quand je me sens à nouveau propre, la tête libérée des pensées désagréables, je m'arrête, j'enlève mes lunettes, je me retourne vers la rive et… je suis loin, très loin et absolument seule. Dans un silence merveilleux. Au large, je vois deux îles. Je fais la planche et je ferme les yeux face au soleil. Je suis trop bien, je voudrais m'endormir comme ça.

Peut-être que si je pars trop longtemps mon oncle va s'inquiéter. Alors je remets mes lunettes et je reviens vers la rive. A la brasse, cette fois, lentement. Quand j'ai la tête sous l'eau, je regarde : il y a beaucoup de poissons, les gros passent autour de moi seuls ou deux ou trois à la file, les petits sont beaucoup plus nombreux. Si je m'étais retrouvée dans un banc de méduses, aussi loin du rivage, je n' aurais pas su quoi faire. Mais s'il y avait des méduses, mon oncle m'aurait avertie.

Je nage jusqu'à ce que j'aie pied, puis j'ôte mes lunettes et je continue en marchant. Giuseppe m'appelle de loin et me fait un signe, les autres aussi agitent les bras. Je leur fais à mon tour un signe de la main et je continue. Je passe devant le groupe des enfants, les plus grands, et Andrea et ses copains m'éclaboussent. Je leur lance de l'eau moi aussi, mais je ne m'arrête pas. Je rassemble mes cheveux en queue de cheval et je les essore. Je traverse la zone des petits et je suis enfin sur le sable. J'entends crier :

– Ajou Kessia !

Je me retourne et je vois Pippo tiré par ma tante qui tient le cou d'une bouée encombrante, en forme de canard.

– Lucrè, qu'est-ce que tu t'imaginais : arriver jusqu'aux Tremiti ? Ne fais plus jamais ça ! dit-elle.

Je répète, sans comprendre :

– Aux Tremiti ?

Elle fait un signe de la tête, vers l'horizon. Ah ! Ces deux îles s'appellent les Tremiti !

– J'avais envie de nager, mais il ne faut pas que tu t'inquiètes. Je nage bien, c'est papa qui m'a appris quand j'étais petite, et ensuite j'ai passé tous mes brevets en piscine.

– Je suis sûre que mon frère est né dauphin, qu'il t'a très bien appris, mais je te demande quand même de ne pas aller aussi loin. Tu pourrais te sentir mal ou avoir une crampe.

Elle vient près de moi et me caresse :

– Je ne pourrais pas supporter ça encore une fois.

Elle a un regard étrange, fiévreux. Je ne sais pas pourquoi, je sens comme une boule dans ma gorge.

– C'est bon, ma tante, je resterai plus près de la plage.

– Merci, *azzia.*

Puis elle prend Pippo et le tire vers le sable. Je devrais m'y être habituée, mais quand il actionne sa sirène de revendications, j'ai envie de me boucher les oreilles.

Ma tante dit seulement :

– Il est temps de sortir. Regarde tes petites mains : elles sont toutes fripées.

Elle me passe la bouée et sort de l'eau en tenant le paquet hurlant contre sa hanche. Sur le sable mouillé, nous sommes interceptés par un groupe de mamans.

– Mariè, c'est bien vrai que cette Barbie est ta nièce ?

Pippo hurle.

– Tu as vu comme elle est belle ? C'est Lucrezia, la fille de mon frère.

– Ah, du pilote ?

Pippo hurle.

– Oui, celui qui habite Milan, dit ma tante, mais c'est une précision inutile, vu que c'est son seul frère.

– Ah, mais alors, c'est aussi la fille du mannequin ?

Pippo hurle.

Je ne veux pas entendre d'autres explications sur ma famille. Surtout quand le mot mannequin est prononcé avec cette moue de dégoût qu'elles ont toutes sur la bouche. Je demande la permission à ma tante, je prends Pippo dans mes bras et on part prendre une douche. Pippo arrête aussitôt sa sirène. On reste longtemps sous l'eau froide puis on se met en route vers le parasol.

Sur les planches nous croisons deux filles. Elles ont plus ou moins mon âge. Elles ont un beau visage et seraient jolies si elles étaient un peu moins grassouillettes. Et puis, elles ont aussi beaucoup plus de poitrine que moi. Je regarde la mienne, minuscule dans mon soutien-gorge bleu à triangles et je me demande s'il vaut mieux être mince et sans poitrine ou un peu ronde avec une poitrine et je n'arrive pas à choisir. Toujours est-il que ces deux-là ne me laissent pas la place pour passer et que je dois descendre avec Pippo sur le sable brûlant. Aussitôt il hurle et je dois le prendre dans mes bras. Je voudrais hurler, moi aussi. En les dépassant, j'en entends une qui dit :

– Mais tôt ou tard, elle deviendra *chiatta* elle aussi.

L'autre ricane, satisfaite, il me semble.

Quand nous arrivons au parasol, ma tante nous attend avec un saladier de fruits tout prêt.

– Pippo, viens *ammamma*, il y a du melon.

Pippo veut du melon, mais il veut aussi jouer avec le sable, si bien que ma tante le suit la fourchette à la main et la lui met dans la bouche pendant qu'il s'active avec la pelle et le seau. Jusqu'à ce qu'il crie :

– Fini melon !

Et ma tante :

– Encore une bouchée.

– Non, fini !

– Encore une, *ammamma* !

– Non, Pippo dit fini et fini !

Ils tournent autour du transat, Pippo trottinant et se glissant sous les sièges, ma tante derrière lui avec la fourchette de la dernière bouchée, qui devient, inévitablement, l'avant-dernière.

Mon oncle est toujours occupé à lire son journal et toute cette agitation ne paraît pas le déranger.

– Pardon, mon oncle, qu'est-ce que ça veut dire, *chiatta* ?

– Ça veut dire grosse, me répond-il. Puis il réfléchit et précise : mais pas seulement grosse, ça veut dire aussi peu soignée, peu séduisante, pas très féminine… Bref, c'est une offense, pas bien méchante, mais c'est une offense. Et donc, ne dis jamais à ta tante qu'elle est *chiatta*, elle pourrait se vexer.

– Mais tante Mariella n'est pas *chiatta*, elle est seulement un peu en surpoids, je réponds, un peu offensée moi aussi.

– Elle est *chiatta*, elle est *chiatta*, affirme-t-il. Et il se remet à lire son journal.

Parfois les adultes disent des choses qui semblent vouloir en dire d'autres. Vous aussi, vous avez déjà eu cette impression, n'est-ce pas ?

CHAPITRE QUATORZE

DE : « Lucrezia Monteleone » lucri.leoncina@hotmail.it

A : « Marco Monteleone » marco.monteleone@libero.it

DATE D'ENVOI : mercredi 17 juin 15h30

OBJET : Me voilà !

Salut papa ! Je trouve enfin un peu de temps pour t'écrire. Ils font tous la sieste et la maison va être calme pendant une heure ou deux. Le reste du temps, c'est un grand bordel (excuse l'expression) ! Ils crient tous en même temps et l'oncle et la tante distribuent démocratiquement des tapes sur la nuque. Pour le moment, j'ai réussi à les éviter, mais forcément je finirai par passer au mauvais moment au mauvais endroit et par m'en prendre une moi aussi.

La journée est rythmée comme à la caserne, une de ces casernes comme dans *Police Academy* saison 1-2-3-4, tu vois le genre ? Réveil très tôt pour tante Mariella, qui prépare le petit-déjeuner, le déjeuner et le dîner, puis je me réveille à la même heure que mon oncle, et après les cousins, les uns après les autres. A la plage vers dix heures et demie, onze heures, retour vers une heure et demie, deux heures, super déjeuner genre repas de Noël, sieste pour eux, lecture ou notebook pour moi, plage vers cinq heures, retour vers huit heures, dîner genre réveillon, bagarre pour la douche, et le soir, sortie.

L'oncle et la tante sont sympas et les cousins aussi. Le petit Daniele ne me lâche pas un instant. Giuseppe me fait penser à un comique de l'émission Zelig, il y a quelque temps, je ne me rappelle pas son nom. Andrea fait tout ce que fait Giuseppe, Alfonso est en pétard contre tout le monde et il n'arrête pas de me faire la tête. Il ne m'adresse même pas la parole et si je lui parle il me répond par des grognements. J' ai maman au téléphone tous les jours et elle me dit qu'elle va plutôt bien, même si elle a toujours une perf' dans son bras. Tu ne crois pas qu'elle va vite devenir comme une lionne en cage ? Comment se passe ton stage ?

Tvb, bisouxxx, Lu.

J'oubliais 1 : si tu veux, je t'envoie aussi un bisou baveux et collant de Daniele surnommé Pippo, j'en ai en abondance...

J'oubliais 2 : ici ils sont susceptibles. Aujourd'hui j'ai demandé comment il se fait qu'ils n'aient pas encore le tri des déchets et j'ai expliqué que nous, à Milan, nous avons la poubelle pour l'humide, celle pour le sec, une pour les plastiques et autres, une pour le papier, une autre pour le verre. Alors tante Mariella m'a répondu, agacée : « Et quoi ? Lucrè ? Si on met ces cinq poubelles dans la maison, on n'a plus qu'à dormir dehors ! » Puis, comme j'insistais pour expliquer qu'il est important de trier les déchets, Giuseppe a dit : « Miiii, tu te prends pour qui ? La prof de déchetologie ? Je te rappelle que l'école est finie. »

J'oubliais 3 : tante Mariella dit que quand tu étais jeune tu étais un BOURREAU DES CŒURS. Elle dit que toutes ses amies étaient amoureuses de toi. C'est vrai, cette histoire ?

DE : « Marco Monteleone» marco.monteleone@libero.it

A : « Lucrezia Monteleone » lucri.leoncina@hotmail.it

DATE D'ENVOI : mercredi 17 juin 18h30

OBJET : R : Me voilà !

Salut Princesse. J'attendais ton e-mail ! Et j'attendais un e-mail type SMS : tvb, ttttvvvvbbbb pck, et j'avais déjà alerté mes collègues plus jeunes pour qu'ils jouent les traducteurs. Par contre, je vois que tu sais écrire aussi en italien ! Et ça, j'en suis très fier ! Je vois que tu t'es adaptée aux horaires, aux rythmes, à la cuisine de Lesina. Bravo ! Moi, par contre, je suis ici aux prises avec un projet très ennuyeux qui concerne tous les collègues européens, heureusement le soir on sort ensemble boire une bière. Au bout de quelque temps, notre british english devient beaucoup moins british et se colore de nos accents d'origine. Je me demande si mon english est plus des Pouilles que de Milan... En tous cas, maman est DÉJÀ une lionne en cage. Je sais qu'aujourd'hui ou demain une de ses collègues devrait venir la voir et lui apporter un ordinateur portable avec une clé 3G pour qu'elle se connecte à Internet, comme ça elle va pouvoir travailler un peu et aussi se distraire. Pour Giuseppe, je parie que tu penses à ce comique qui disait : « Tu y es ? C'est bon ? Tu es connecté ? ». Celui qui avait des enfants qui faisaient toujours des trucs absurdes. C'est celui là, n'est-ce pas ?

Pour Andrea : tu verras que le nouvel arrivant, lui aussi, voudra faire tout ce que tu fais !

Pour Alfonso : sois patiente, peut-être qu'il a des problèmes de cœur ! Toi aussi, quand tu as des problèmes de cœur, tu es un vrai porc-épic ! Dois-je te rappeler qu'en février dernier tu nous rebattais les oreilles au sujet d'un certain Ricky ?

J'oubliais 1 : Les bisous poisseux de Daniele, tu peux te les garder. Dans pas longtemps, on en aura à la maison en veux-tu en voilà !

J'oubliais 2 : Je t'imagine là-bas en train de faire une conférence sur le tri des déchets sur le ton de la Milanaise-qui-sait-tout ! Quand je vivais à Otrante, il m'arrivait, moi aussi, de répondre sur un ton agacé à ceux qui m'expliquaient comment les choses étaient organisées ailleurs. J'avais l'impression qu'ils voulaient me dire : chez nous tout fonctionne très bien, chez vous tout est vraiment nul. Alors je m'énervais et je leur répondais. Avec le temps, j'ai compris que les choses étaient simplement différentes, pas nécessairement meilleures ou pires. Donc, inutile de les stresser avec tes leçons sur le tri des déchets !

J'oubliais 3 : Moi, un bourreau des cœurs ? Sûrement pas... Tu le vois même de là-bas, mon nez qui grandit ? Bon, d'accord, j'avoue tout, mais seulement parce que ceci peut te donner une vision nouvelle du milieu dans lequel tu es. Donc, à Otrante nous étions tout un groupe d'amis et on vivait la plupart du temps dehors, même l'hiver. Temps passé à étudier : presque zéro. Temps passé à se pavaner et à tourner autour des jeunes filles : de 0 à 100 et même 112... Reste que les copines de ta tante... de Mariella, feraient bien de se taire, vu que mes amis étaient tous amoureux d'elle, qui était fantastiquement belle. Mais elle ne s'en rendait même pas compte parce qu'elle était fiancée depuis un temps immémorial à Tonino. A ce que j'en sais, ils étaient déjà amoureux à la maternelle ! Mais revenons à nous, les hommes. Séduire une fille était un jeu, une espèce de sport national, et se laisser séduire par celui qu'elles visaient était le sport national des filles, donc on était à égalité. Dans notre palmarès masculin, les belles valaient plus que les moches, les blondes plus que les brunes, celles des autres villes plus que celles d'Otrante, les nordiques plus que les méridionales, et les étrangères étaient en tête du classement. D'après moi, et si les choses n'ont pas trop changé – elles sont encore pareilles, j'en suis sûr ! – toi, Princesse, tu es pratiquement au top. Donc ne te prends pas trop la tête si les garçons t'attendent tous à la file devant le portail de Mariella : ils le font seulement pour tenir leurs paris ! Autant que tu le saches, ça peut t'aider à évaluer la situation. Bisous, top of the top de papa qui te serre bien fort dans ses bras.

CHAPITRE QUINZE

DE : « Lucrezia Monteleone » lucri.leoncina@hotmail.it

A : « Giovanna Carli » supergio@hotmail.it, « Patrizia Manicardi » patti@hotmail.it, « Isabella Destefani » isalabella@hotmail.it

DATE D'ENVOI : samedi 20 juin 15h12

OBJET : Hier soir

Salut Giò, Patti et Isa.

Je vs raconte komen ça C passé hier soir. Vs savez kom je suis : je vais pas à 1 soirée si je connais personne. Mais Giuseppe, my cousin a insisté +++, il C mm mis à genoux les mains jointes. Ma tante ossi m'a dit : Allucrè, keske tu veux ? Devenir bonne soeur ? A ton âge, je sortais ts les soirs ! Bon. à la fin G dit oui. Hier G fait la queue kom eux pr la salle de bain. G demandé à ma tante de m'aider à me faire ls boucles o babyliss et G mis la tenue ke j'avais à la fête de Patti (T-shirt blanc avec les chaînes dorées + mon jean serré délavé) et je suis partie avec Giusep.

Bien sûr Andrea voulait venir ossi, mais ma tante lui a donné ds tap sur la tête et lui a dit d'arrêter de casser les pieds ds grands, alors il est parti tt seul.

Giusep et moi, on ê allés o Lido Rosa et en route on a rencontré ts les otres : à la fin on était + de 20. Les filles sont odieuses, L me dévisagent de la tête o pieds et L font leurs komentaires à voix basse en dialecte, komsa je capte rien et je peux pas répondre.

☹ ☹ ☹

JE LES SUPPORTE PAS. VOUS ME MANKE TROP !!!!!!

Les garçons font kom s'ils avaient 20 ans, ils se la jouent latilov, kom dit ma tante, (ça veut dire latin lover). Kom Eugenio, ds notre classe, vs voyez ? Lui o carré, multiplié par ts ceux d'ici, à part my cousin.

Equation, genre :

cousin sympa ☺ + 10 pétasses ☹ + Eugenio2 x 11☹ =

VS ME MANKÉ TROP !

Mais ya ossi celui kils appellent Tarzan (ici ils ont ts 1 surnom et souvent personne ne sait + pourkoi). En vrai, son nom C Simone, il veut tjrs être mieux ke tt le monde mm s'il n'ê pas du tt sympa avec my cousin, ki lui me fait rire +++ et ê tjrs de bonne humeur. Ce Tarzan arrête pas de vouloir tripoter les filles, mm ke je sais pas si ça les amuse ou koi. 1 fois ds la mer il a essayé avec moi mais je l'ai bourré de coups de pieds. Kom pour entrer au Lido Rosa : les garçons payent 5€ et les filles rien, alors Tarzan C planké, il a fait le tour par la plage, komsa il ê entré sans payer. Pendant tte la soirée il a dit o otres que CT ds cons et ke lui CT le + futé. Mais qd on ê allé boire 1 Coca, ils l'ont attrapé sans le tampon sur la main (ce ki voulait dire kil n'avait pas payé les 5€) ET ILS L'ONT JETÉ !!! Alors il ns a crié : de tte façon CT 1 soirée de merde et j'allais partir, si vs restez ici vs êtes 1 bande de cons ! La honte interplanétaire !!!!! ☺ ☺ ☺

Mais Giusep, mm s'il ê dodu, il danse trop bien, il ne C pas assis du tt, mm kil était en nage, il dégoulinait kom 1 robinet ouvert à plein. En tectonik il est trop top ! ☺. En + il sait par cœur ts ls hits et il ls chante avec une super voix. Bob Sinclar ? Pareil !!! J'ai ossi découvert qu'à Foggia il étudie le chant et kil veut participer o casting d'Amici d'ici 2 ans. Ns ferons ttes le buzz pr lui !!! ☺ ☺ ☺. G pas arrêté de danser près de Giusep, pck chak fois ke je m'éloignais sans le vouloir, j'avais devant moi ce Tarzan ki me fait vomir.

Ici les filles dansent en remontant leurs bretelles de soutif et le décolleté de leur débardeur. L ont ttes + de poitrine ke moi, (et ke vs 3 !). Ok, ce n'est pas trop difficile ☹ ☹ ☹... Kwa encore ? Elles se la jouent bombasse grave : vs voyez Jennifer, celle de 3e B, la brune ki l'hiver met des bottes à talons ? Elle o carré !!! D'après vs, je peux parler avec 1 fille kom L ? Et vous savez C koi leur problème ? L font tt ensemble : la plage, se baigner, jouer o beach volley, goûter, rentrer à la kase, sortir danser. Bref, tt. Et kom il y en a tjrs 1 ki n'a pas envie de ceci ou cela, mais ki est obligée de faire ce ke font les otres, 50% de la bande tire la tronche. Bon, à Minuit 40, G montré l'H à Giusep, mais il a haussé les épaules. Après 5 mn, je lui ai redit kon devait rentrer sinon tante Mariella serait NRV, mais il a dit : « J'en ai rien à faire, je n'en peux + de rentrer tjrs avant les otres », alors je lui ai dit ke j'allais rentrer tte seule, komsa, les tap sur la nuk, il se les prendrait tt seul. Sauf ke komsa il aurait 2 fois manké à sa parole : sur l'heure de retour et sur sa promesse de me raccompagner. Ma tante se serait NRV au carré. Bref, j'ai fini par le convaincre et on est partis, mm s'il a grogné ke j'étais relou. Dans la pinède, G aperçu Tarzan ki fumait, mais j'ai fait semblant de rien. Giusep ne l'a pas vu, justement parce kil était en train 2 me raconter kil kiffe grave Francesca, 1 ki d'après moi ne le voit mm pas qd il passe ☹. Mais il m'a dit kil est sûr kavan août il se sera mis avec L. Il m'a demandé si je trouve kel est belle. Je lui ai répondu « mmh ». En vrai L me dégoûte et L se la pète grave. Mais + ls filles se la pètent + ils bavent. Vs avez remarqué ? ☹ ☹ ☹

Bref, je vs ai tout dit.

Pr Giò : tu voulais savoir si my cousin Alfonso est ossi beau ke je te l'ai écrit dans le sms ? Hier j'ai fait ds foto de chak cousin avec l'excuse de les envoyer après à my papa, mais en fait C pour t'envoyer sa foto et te montrer ke C vraiment 1 bogosse. Bien joué, non ??? Dommage kil a mis 1 main devant et donc pr l'instant je peux t'envoyer ke la foto de sa paume, ki peut te servir si tu sais lire les lignes de la main ! Il m'a dit ossi « t'as pas fini de me KC les couilles ? », alors sa mère lui a crié « va te laver la bouche uagliò » et L lui a donné 1 méga tape sur la tête. Il a quitté la table et ê parti ds sa chambre. Je comprends pas où j'ai fait l'erreur.

1 gros kiss à vs 3 et laissez-moi 1 peu de fun de cet été pour quand je rentre.

Lu ♥ ♥ ♥

DE : «Giovanna Carli» supergio@hotmail.it

A : «Lucrezia Monteleone» lucri.leoncina@hotmail.it

DATE D'ENVOI : samedi 20 jun 17h22

OBJET : R: Hier soir

Hello, Lucrezia ! On ê ttes les 3 chez moi pr répondre à ton mail. On a trop ri en le lisant ☺ ☺ ☺ !!! Nos vacances, en comparaison, sont à mourir d'ennui.

On te repasse ts les ragots de Milan : hier soir Ylenia ê sortie avec Gian et ils se sont embrassés ds le square derrière chez toi. Mais ojourd'hui il n'a pas répondu à ses SMS. Alors Ylenia ê restée chez L désespérée et L pleure ☹. Isa dit ke pEtre il a juste + de batterie. Tu sais bien ke C une vraie romantik et keL croit à l'amour éternel !

Aïe ! Isa m'a donné 1 coup de poing !!!

Alors, pr me venger, je te raconte : Isa ê folle de Davide, celui de 4e B, et chak fois kon le croise ds la rue L manke de s'évanouir !

LUCRI, C MOI, C ISA : C PAS VRAI DU TT !!!!!

Si, si, tu peux me croire...

Patti et moi, rien de nouveau côté cœur. Je kiffe tjrs Marco et L C tjrs Omar, mais ts ls 2 st o camp scout et donc rien + nada ☹ ☹.

RIEN VEUT DIRE KEL ÉCRIVENT 20 SMS PAR JOUR ET KEUX

NE RÉPONDENT K1 OU 2, FOIS PAS +. ILS NE LES KALKUL MM PAS !!!!

Stop ! Y faut kon te laisse ! Impossible d'écrire à 3. Mais toi, continue à ns écrire !!! Demain, on va à la piscine. Je me suis HT 1 maillot trop bien, violet avec ds coeurs rouges !!!

Salut ma belle, ♥ ♥ ♥ de la part de ns ttes.

Giò ☺, Patti ☺ et Isa ☺.

J'oubliais 1 : 1 certain Ricky demande de tes news chak fois kon le voit.

J'oubliais 2 : Insiste pr la foto de ton cousin Alfonso...

CHAPITRE SEIZE

Il est sept heures. Je m'assieds sur le lit et je m'étire soigneusement. Ma tante me dit bonjour de la main pour ne pas réveiller les autres. Ce matin, je crois que je ne vais pas déjeuner parce que j'ai mal au ventre. Le *bombolone* au Nutella que Giuseppe a absolument voulu me faire manger à minuit est encore là qui traîne dans mon estomac. Comment il fait pour en manger un (et parfois deux) tous les soirs ? Beurk ! Plus jamais !

Je pars dans la salle de bains avec ma trousse de toilette et mes vêtements sous le bras et tandis que je suis assise sur les toilettes à me demander si je suis bien réveillée, mince ! J'ai mes règles… pour la première fois. Pas de panique. Quand maman m'a expliqué le truc, elle a mis une serviette dans la poche de mes différents sacs (sac à dos, sac de karaté, sac à main, trousse de toilette, « au cas où »). En fait, je savais déjà tout ça depuis un moment. Pareil que vous, n'est-ce pas ?

Donc j'utilise la première serviette de ma vie. Et je me dis que je pourrai manger tous les *bomboloni* au Nutella que je voudrai, ce n'est pas ça qui m'a donné mal au ventre (enfin, pas trop).

Puis j'appelle maman, qui, de toute façon, est déjà réveillée.

– Lulú, qu'est-ce qu'il t'arrive ? Si tôt, comment ça se fait ?

Elle est déjà effrayée.

– Bonjour, maman, je me réveille toujours à cette heure-là. Tu vas bien ? Comment va le petit haricot ?

– Nous allons bien, tous les deux, merci. Juste que je n'en peux plus de rester là. J'ai toujours rêvé d'avoir du temps libre et maintenant que j'en ai en abondance, je n'arrive à me concentrer sur rien. Je prends un livre et je le lâche aussitôt, j'essaye d'organiser les prochains défilés et au bout d'un moment je ne me rappelle même plus quel styliste j'avais en tête. Mais toi, comment tu vas ?

– Bien, merci. Ecoute, je voulais te dire que je les ai. (Vu ? Facile, je l'ai dit.)

– Oh mon dieu, ma petite fille, mon bébé ! Et comment tu te sens ?

– Je te l'ai dit, maman. Bien, normale. Comme si de rien n'était. J'ai pensé que ça te ferait plaisir de le savoir.

– Bien sûr, que ça me fait plaisir ! Oh mon Dieu, il en arrive des choses, cet été ! Qu'est-ce qu'on dit dans ce cas-là à sa fille qui est à sept cents kilomètres ? Bienvenue dans le monde des emmerdements mensuels. Tu vas en avoir pour pas mal d'années ! Mais bon, comment tu te sens ?

– Maman, je te l'ai déjà dit six fois : je me sens très bien. Maintenant, je te dis au revoir. Je suis aux toilettes et peut-être que quelqu'un va vouloir entrer.

– Bien, bien. Si tu as besoin de quelque chose, demande à ta tante Mariella. N'en fais pas un problème et dis-toi que ce n'est pas une maladie. Tu peux faire ce que tu veux comme si de rien n'était. Ah ! Et rappelle-toi que tu es une sportive. Ce n'est pas ça qui va t'arrêter.

– Oui, maman, tu me l'avais déjà dit il y a deux ans.

– C'est bon, excuse-moi. C'est que la nouvelle m'a un peu émue.

– Au revoir maman, bisous de ma part au petit haricot.

– A bientôt, ma Lulu, je t'envoie un bisou long comme de la Terre à la lune et retour.

Ce « long comme de la Terre à la lune et retour » était notre jeu quand j'étais petite, c'était la dernière phrase que maman me disait le soir avant d'éteindre la lumière.

Je finis de me laver, je m'habille et je vais prendre mon petit-déjeuner. Un message m'arrive. C'est papa :

Petites femmes deviennent grandes. Un grand baiser à ma Jo préférée. Je souris : Jo est mon personnage favori dans le roman *Les quatre filles du docteur March* : intelligente, indépendante, moderne, pleine de sentiments mais jamais maniérée. Vite, je tape :

Je t'embrasse très fort, mon papa préféré !

Puis je m'assieds et je sens venir un grand sourire sur mes lèvres.

Ma tante est en train de déguster « le meilleur café de la journée », c'est-à-dire sans ses fils et sans son mari, vous l'avez compris.

– Lucrè, avec qui tu échanges des messages à cette heure ? Et avec qui tu parlais avant sur ton portable ? Tu parlais toute seule dans la salle de bains, non ? Dis-moi, *azzia*, tu as quelqu'un qui t'intéresse ? Et elle me lance un clin d'œil.

– Qu'est-ce que tu vas chercher ? D'abord j'étais avec maman, et ce message, il était de papa. C'est parce que j'ai eu mes trucs. Tu sais, c'est la première fois, alors j'ai pensé que maman ne serait pas contente si je ne l'avertissais pas et puis elle a dû appeler aussitôt papa et...

Mais je suis aussitôt serrée à en étouffer entre des bras très doux :

– *Azzia*, ça c'est une belle nouvelle ! Te voilà devenue femme ! Et ici, dans ma maison ! Quand tu raconteras ça à tes filles, tu pourras dire : j'étais chez ma tante Mariella quand j'ai eu mes règles pour la première fois. Ah... te voilà demoiselle, *azzia*, il faut fêter ça !

– Qu'est-ce qu'on doit fêter ? demande mon oncle en descendant l'escalier.

Non !

– Lucrezia est devenue demoiselle !

Non ! Non !

– Mes compliments, mademoiselle Monteleone. Aujourd'hui tu fais de moi un oncle particulièrement heureux ! Et il m'applique un gros bisou sur la joue.

Non ! Non ! Non !

– Bien alors, voyons un peu, dit ma tante, qui se met à compter sur ses doigts pour ne rien oublier : aujourd'hui, tu ne peux pas venir à la plage. Souviens-toi de ne pas toucher le basilic, sinon il se fane. A partir de demain, tu viens à la plage, mais tu restes sous le parasol. Ensuite, tu dois manger de la viande rouge, et donc on envoie maintenant Tonino au supermarché et… c'est tout, il me semble.

Ma parole, elle est folle !

– Pourquoi Lucrè doit manger de la viande rouge ? demande Giuseppe.

Non ! Non ! Non ! Non !

– Parce que ta cousine est devenue demoiselle et qu'elle doit récupérer le fer qu'elle a perdu.

Non ! Non ! Non ! Non ! Non ! Je voudrais mourir !

– Ah ! Et on doit manger de la viande nous aussi ou on peut manger le gratin de pâtes que tu es en train de préparer ? demande-t-il, très intéressé. (Par le gratin, je veux dire.)

Trop, c'est trop ! Je me lève et je cours vers la maison. Sur le seuil, je me heurte à Andrea qui sort. Je bondis en arrière puis je me glisse entre la porte et lui et je réussis à pénétrer à l'intérieur.

– Qu'est-ce qu'elle a, Lucrè ? demande-t-il aux autres, surpris.

– *Miii*, laisse tomber. Elle est un peu nerveuse parce qu'elle est devenue demoiselle, dit ma tante.

Non ! Non ! Non ! Non ! Non ! Non !

Maintenant il ne manque plus qu'Alfonso et après ça je peux mourir pour de bon ! Jamais plus je ne sortirai de cette maison.

Puis je me dis que je dois de toute façon passer au supermarché pour acheter des serviettes et je me résous donc à sortir. Je prépare mon sac et je dis au revoir à la compagnie.

Ma tante insiste pour qu'aujourd'hui je n'aille pas à la plage mais, comme dit maman, je dois me rappeler que je suis une sportive et que ce n'est sûrement pas une tante en émoi à cause des premières règles de sa nièce qui pourra m'arrêter.

– Qu'est-ce que vous avez ? De quoi vous discutez comme ça tôt le matin ? Vous m'avez réveillé, proteste Alfonso. Il ajoute un *Miiii*… à mi-voix, qu'heureusement pour lui sa mère n'entend pas.

J'essaie d'empêcher qu'encore une fois…

– Ma tante !

– Non, on discute de rien ! C'est seulement que Lucrè est devenue demoiselle et…

Trop ! Trop ! Trop !

J'ouvre le portail et je pars à la plage.

CHAPITRE DIX-SEPT

DE : « Lucrezia Monteleone » lucri.leoncina@hotmail.it

A : « Giovanna Carli » supergio@hotmail.it, « Patrizia Manicardi » Patti;))@hotmail.it, «Isabella Destefani» isalabella@hotmail.it

DATE D'ENVOI : mercredi 24 juin 15h06

OBJET : Je me suis fiancée

Trop long à expliker par SMS, donc je vs écris.

Giusep me demande ts les jours, l'air de rien : « tu le kiffes, Antonio ? » ou « Je crois ke Luigi t'intéresse ! » ou encore : « Hier tu m'as demandé l'âge de Francesco, tu l'M ? » Vs avez pigé ? Il veut me fiancer avec kelkun.

Ici on dit pas sortir ensemble, on dit se fiancer.

En fait, j'ai compris kil se fiche de savoir si kelkun me plaît, C juste kil ê envoyé kom messager par les otres de la bande. Et qd je dis ke celui-ci ne me plaît pas et que celui-là ne m'intéresse pas, il me demande : « Mais à Milan, tu as 1 fiancé ? »

Au début, je disais non, mais maintenant, je dis oui, komsa il arrête de me coller. Je dis ke « je suis fiancée à Ricky », komsa pEtre ka mon retour ça arrivera pr de vrai.

Keske vs en dites, bien joué, non ?

Bref, C tt.

Komen ça C fini entre Ylenia et Gian ?

Bizz, Lu ♥

DE : «Isabella Destefani» isalabella@hotmail.it

A : «Lucrezia Monteleone» lucri.leoncina@hotmail.it

DATE D'ENVOI : mercredi 24 juin 15h23

OBJET : R : je me suis fiancée

Hello Lu, C moi ki réponds pck Ojourd'hui, Patti est allée chez sa grand-mère et Giò ê partie avec ses parents. Et je suis ossi fâchée avec Giò pck L est allée voir Davide pr lui dire kil m'intéresse, mm si j'arrête pas de lui dire ke C pas vrai. Je la déteste qd L met son nez ds mes affaires !!! ☹ ☹ ☹ ☹ ☹

Et puis Ojourd'hui C vraiment une journée nulle. Ma mère me pourrit depuis kel a décidé ke je dois prendre ds cours de math. Donc je commence demain, 3X semaine juska mon départ à la montagne, après on verra. Tu la vois qd L me dit ça, ? les mains sur les hanches avec le ton trop ridicule ds grandes occaz ! L m'a ossi dit ke l'an prochain, qd on sera en 4e, si je bosse pas +, j'irai +

o karaté. Sans karaté tu le sais, JE VAIS MOURIR !!!! ☹ ☹ ☹

L dit mm ke je dois avoir 1 mention !!!

Moi je rêve ds finales nationales ! Tt ce kon avait imaginé ! Tu te rappelles ? Toi et moi ensemble o dojo et toi ki m'encourages et 3moi ki t'encourage pareil. On décrochait ttes ls 2 une médaille, et lakelle avait le max de chance de gagner ? CT pas ça l' important.

JE LA DÉTESTE !!!

Maintenant je te laisse parce je sens kil faut ke je pleure. bisoux !

DE : « Lucrezia Monteleone » lucri.leoncina@hotmail.it

A : « Isabella Destefani » isalabella@hotmail.it

DATE D'ENVOI : mercredi 24 juin 15h20

OBJET : R : R : Je me suis fiancée

ISA, JE PEUX PAS ALLER AUX FINALES NATIONALES SANS TOI !!!

Calme-toi et faisons 1 plan.

En attendant, accepte ces cours, pEtre ke ta prof sera mieux ke la nôtre et réussira à te faire capter tt le programme en qqs jours. Après, qd on rentre ttes les 2 à Milan, on révise ensemble. Et à l'école, cette année, essaye de ne pas prendre ton air « Mais, L est conne ou koi celle-là ? » ke tu te donnes d'habitude qd la prof te parle. L est odieuse, on C, mais c'est L ki ns met ls notes !

COURAGE ISA, FAUT KON AILLE AUX FINALES ENSEMBLE !!! LES FINALES, C LA CHOSE LA PLUS IMPORTANTE DE L'ANNÉE PROCHAINE ! Si pr y aller il faut kon ait TB en maths, on y arrivera ! ☺ ☺ ☺

Tiens bon, prends tes cours et après écris moi pr m dire komen sa C passé.

♥ ♥ ♥ Lu

CHAPITRE DIX-HUIT

Matinée à la plage, comme toutes les autres, sauf que ma tante a repris le travail. Donc un jour elle est du matin, le lendemain de l'après-midi, le surlendemain de nuit, et après elle a deux jours à la maison. Mon oncle fait le contraire, comme ça il y a tout le temps quelqu'un avec nous. Les autres sont habitués mais moi je n'arrive jamais à me rappeler les jours où elle travaille ou pas. De toute manière, aujourd'hui, elle est descendue (ils disent comme ça) après sa garde de nuit, elle a dormi quelques heures et elle est déjà sur la plage, même si elle a des cernes et reste silencieuse.

Mon oncle m'a expliqué qu'elle est comme ça chaque fois qu'un patient meurt. Elle travaille en pédiatrie et quand un enfant meurt, elle ne supporte pas. Pourtant elle est infirmière depuis tant d'années qu'elle devrait s'y être habituée (« s'être fait une écorce » comme dit mon oncle) et pourtant ça lui fait toujours aussi mal.

Mon oncle dit toujours qu'elle est trop bonne et qu'elle aime trop ses patients. « Il ne faut jamais trop s'attacher aux malades », lui répète-t-il. Mais ma tante hausse les épaules et dit qu'elle est faite comme ça.

Alors, j'ai demandé à mon oncle comment il fait, lui, pour ne pas s'attacher. Il m'a expliqué qu'il est instrumentiste. Ça veut dire que c'est lui qui passe les instruments au chirurgien dans la salle d'opérations. Donc les patients, il les voit seulement quand ils sont sous anesthésie, il ne leur parle jamais, il ne les connaît pas et ça lui convient comme ça.

Mais je voudrais qu'il y ait une infirmière comme ma tante quand le petit haricot va naître. Je me l'imagine dans sa blouse blanche, douce et sentant bon la lessive, qui dit à la maman que tout va bien et que le petit garçon (ou la petite fille) est très beau (ou très belle).

Mon oncle lit son journal, je lis mon livre (j'ai fini *Twilight* et j'en suis aux dernières pages de

Oh, boy ! Je vous le conseille, il est trop bien !), ma tante regarde la mer, pensive. Puis elle dit :

– Lucrè, Pippo, dis, il est près de toi ?

– Non, ma tante.

Et soudain, je suis debout.

– Ô Sainte Vierge ! Tonino, où est Pippo ?

– Il était ici avec toi il y a un instant, dit mon oncle.

Mais ce n'est pas vrai. Maintenant que j'y pense, voilà un moment que je n'entends plus la voix de Pippo. Il babille toujours quand il joue avec sa pelle et ses seaux.

– Ô Sainte Vierge, Maria, tu as vu Pippo ?

Ma tante s'est levée, court d'un parasol à un autre. Mais personne ne l'a vu. Nous n'arrivons pas à comprendre depuis combien de temps il a disparu. Tous les voisins se passent le mot et, l'instant d'après, il me semble que toute la plage appelle :

– Pippo ! Pippo !

– Tonino, cours à la mer, cours ! hurle ma tante et, la main tendue au-dessus de ses yeux pour les abriter du soleil, elle regarde autour d'elle. Mince ! Je ne sais pas quoi faire ! Je regarde partout moi aussi, mais je ne le vois pas.

Comme par magie Giuseppe et Andrea apparaissent et se mettent eux aussi à crier :

– Pippo ! Pippo !

Puis Giuseppe demande à ma tante de quelle couleur est le maillot de bain de son petit frère et il court au bar pour faire une annonce par haut-parleur.

Alfonso, arrivé lui aussi en courant, oblige sa mère à s'asseoir sur le transat. Il lui caresse la joue et lui dit :

– Ne t'inquiète pas, ma', on va le retrouver, on va le retrouver !

Puis il dit qu'il va voir dans l'eau, et il court vers la mer. Ma tante se lève à nouveau, les mains dans les cheveux et continue à dire :

– Ô Sainte Vierge ! Ô Sainte Vierge !

Maria lui entoure les épaules de son bras et lui dit :

– Chhh ! Ils vont te le retrouver, allons, allons !

Réfléchis Lu, réfléchis. Où peut aller un enfant de

deux ans ? Où tu irais si tu étais un enfant de deux ans ? Réfléchis bien, Lu, force-toi à penser comme si tu étais haute comme trois pommes. Où tu irais ?

Je m'assieds sur le sable et je regarde à sa hauteur. Une forêt de jambes, de pieds de transats, de piquets de parasols, de sacs de plage… Je n'irais pas me risquer dans ce dédale sans fin.

– Attention ! Attention, un enfant de deux ans s'est perdu sur la plage du Lido Centrale. Il s'appelle Pippo, il a des cheveux noirs frisés et un maillot à rayures bleues et blanches. La personne qui le retrouve est priée de l'amener au bar.

Réfléchis, Lu, réfléchis. Où irais-tu ? Je suivrais quelque chose qui me plaît… ou j'irais vers un endroit qui me plaît, comme… aux manèges ! Peut-être… il pourrait bien être allé aux manèges ! Le chemin, il le connaît, parce qu'on y va toujours avec la poussette.

– Attention ! Attention ! Je répète : un enfant de deux ans s'est perdu sur la plage du Lido Centrale. Il s'appelle Pippo, il a des cheveux noirs frisés et un maillot à rayures bleues et blanches. La personne qui le retrouve est priée de l'amener au bar.

Je me lève et je cours sur les planches, je me cogne contre des gens que je croise et je ne m'excuse même pas. Je cours, je dépasse le bar puis les toilettes et les douches et j'arrive aux manèges. Le sable brûle horriblement, mais je m'en moque. Je regarde dans le château gonflable... mais il n'y est pas, sur le toboggan… non plus… les balançoires… pareil. Quelle déception ! Où donc es-tu, Pippo ? J'étais sûre de te trouver ici.

Je crie :

– Pippo !

Je retourne vers les douches.

– Pippo !

– Ajou, Kessia ! Me répond une petite voix joyeuse.

Il est là, sous le robinet pour les pieds et il se douche. Sa tête passe tout juste sous le jet.

En deux pas je l'ai rejoint et je le serre très fort. Je suis toute mouillée, mais ça n'a pas d'importance.

– Pippo, la dousse ! m'explique-t-il. Puis il me demande :

– Kessia la dousse ?

– Non, merci, bonhomme. Mais qu'est-ce que tu fais ici ?

Quelle question stupide ! et je m'attends même à ce que ce mioche me réponde !

– Pippo manèzes, et il me les montre de son doigt. Manèzes ça bûle, ça bûle.

C'est vrai. Les installations sont en fer et donc elles doivent être bouillantes à cette heure ! En effet l'aire de jeux est déserte. Je réfléchis à haute voix :

– Alors tu t'es brûlé les mains et les pieds et tu es venu sous la douche pour te rafraîchir…

– Pippo dousse ! confirme-t-il.

Clair, non ? Je le prends tout mouillé dans mes bras. Il proteste, genre sirène des pompiers. Alors je lui explique que maman pleure parce qu'elle ne le voit plus, qu'elle est inquiète et qu'il faut revenir tout de suite, tout de suite au parasol, où l'attend sûrement un bonbon délicieux.

Bonbon : mot magique ! Aussitôt il se calme.

Puis il y repense :

– Pouquoi maman è pleu ? demande-t-il alors que nous sommes sur les planches.

Je lui explique :

– Parce qu'elle ne te voyait plus et elle pensait que tu t'étais perdu.

– Pippo pas pedu, me dit-il en dressant son doigt en l'air. Il fait ce geste quand il a des choses importantes à dire.

– Non. Et maintenant on retourne dire tout de suite à maman que tu ne t'es pas perdu.

– Pippo pas pedu, Pippo manèze, insiste-t-il.

Je n'ai pas plutôt quitté les planches que déjà tout le monde crie :

– Il est là ! Il est revenu ! Regarde, Mariella, c'est Pippo ! Tu l'as vu ? Tu l'as vu ?

Je serre Pippo dans mes bras comme un trophée, jusqu'à ce qu'Alfonso arrive.

– Donne-le-moi !

Il me l'arrache des mains et l'emporte sous le parasol. Je proteste :

– Oh !!! Mais il est devenu fou ?

Alfonso couvre Pippo de baisers et le remet à sa mère. Oncle Tonino, Andrea, Giuseppe, les voisins de plage, tous se serrent autour de ma tante. Seul

Alfonso se détache du groupe. Il vient vers moi, pointe un doigt sur ma poitrine si fort qu'il me fait reculer :

– Qu'est-ce que tu cherches ? Qu'est-ce que tu lui veux à ma famille, hein ? C'est mon frère, pas le tien ! Retourne chez toi, ici, nous, on veut pas de toi !

Il a un regard tellement méchant, ses lèvres retroussées montrent ses dents. Il me fait peur. Puis il me dépasse et il s'en va.

Je reste là, comme une idiote, paralysée par la surprise et l'injustice. Je me sens comme si j'entrais dans une salle de cinéma et je regardais l'écran sans rien comprendre du film qui a déjà commencé.

– Où est Lucrezia ? Ah ! La voilà. Viens ici, *azzia*, que je t'embrasse, dit ma tante.

Je force mes jambes de plomb à réagir et je vais vers elle. Je m'agenouille près de la transat et elle me donne un baiser sur la joue.

– Où tu l'as trouvé, *azzia* ?

– Au robinet pour les pieds. Il se douchait parce qu'il s'était brûlé en voulant s'amuser dans le parc à jeux.

– Pippo manèze, pas pedu ! confirme-t-il, l'index dressé.

Tout le monde rit.

– *Bello di mamma tua* ! dit ma tante. Puis elle me regarde et me dit à mi-voix :

– Merci, Lucrezia. Merci, merci. Si tu ne l'avais pas retrouvé, j'aurais commis une folie, je crois.

Et elle me donne un autre baiser.

Il me vient une énorme boule dans la gorge, alors je cours vers la mer et je me jette dans l'eau, sans même mettre mes lunettes et je commence à nager vers le large. Je reprends mon souffle toutes les trois brasses et, à chaque respiration, je voudrais crier : « Va te faire voir, Alfonso ! »

CHAPITRE DIX-NEUF

Le déjeuner est, comme d'habitude, un vrai repas de Noël, même si je ne comprends pas quand ma tante a pu le préparer, vu qu' « elle descend » après sa garde de nuit. Pippo est le héros du jour et il continue à expliquer qu'il ne s'est pas perdu, parce qu'il est grand et qu'il sait aller aux manèges. Tous bavardent joyeusement. Tous, sauf Alfonso et moi. Je ne mange presque pas, parce que ça me donnerait envie de vomir. Je ne sais pas si je suis surtout en colère ou surtout humiliée ou un mélange des deux.

Lui non plus ne mange pas beaucoup et pour éviter de me regarder, même sans le faire exprès, il garde les yeux collés sur son assiette. Giuseppe en profite pour ingurgiter la nourriture laissée par Alfonso, comme ça ma tante ne se rend pas compte que son aîné n'a pratiquement rien mangé. En voyant mon assiette encore pleine, elle dit :

– Pauvre Lucrè, c'est à cause de toutes ces émotions, mais vous verrez : au goûter, elle aura une faim de loup.

Vous avez remarqué ? Tout le monde pense que seules les femmes agissent ou sont empêchées d'agir sous l'effet de leurs émotions. Les hommes, par contre, ont des problèmes sérieux. Quand maman et papa se disputent, par exemple, papa dit toujours :

– Mais arrête de mettre tout le temps tes émotions en avant ! Tu ne peux pas discuter des faits, pour une fois ?

Et pourtant maman me paraît être si concrète, trop même parfois !

Ma tante et moi, nous débarrassons la table, mes trois grands cousins disparaissent, Pippo reste dans les bras de son père et se caresse le bout de l'oreille, comme toujours quand il a sommeil. Ma tante lave les assiettes en trois nanosecondes, puis elle vient récupérer le petit et le mettre au lit. Mon oncle aussi part faire sa sieste. Je m'installe sur la balancelle avec *Oh, boy !* mais je sais que je vais tourner les pages sans parvenir à lire une seule ligne, ou plutôt que je lirai mais qu'aussitôt j'aurai tout oublié. Ça m'arrive toujours quand trop de préoccupations tourbillonnent dans ma tête.

J'entends claquer des savates et je lève la tête. C'est Alfonso qui sort. Je cours derrière lui et je le rattrape devant le portail.

– *Miii*... qu'est-ce que tu me veux encore ?

– Qu'est-ce que t'as contre moi ? Qu'est-ce que je t'ai fait ?

– Ce que j'ai contre toi, c'est que tu es la fille de ton père, un lâche et un assassin !

Je sens mes jambes devenir comme du coton.

– Papa ? Pourquoi ? Qu'est-ce qu'il a fait ?

Il s'en va, il marche très vite et je dois courir pour le suivre.

– Tu ne sais pas, hein ? Bien, sûr ! Certaines choses, il les garde secrètes, le grand homme ! Il me dégoûte grave ! Tu veux le savoir ? Vraiment ? Quand j'étais petit, j'avais décidé de devenir pilote, comme lui. Mais ici, il n'y a pas d'école d'aéronautique. D'ailleurs qu'est-ce qu'il y a de bien ici, hein ? Alors maman lui avait demandé s'il pourrait me prendre chez lui pour que je fasse l'école là-bas, à Milan. Mais lui, il a refusé.

– Et alors ? Il avait certainement de bonnes raisons pour te dire non.

– De bonnes raisons ? Ha ! Ha ! Ha !

Il a un rire vraiment horrible.

Puis il s'arrête et revient en arrière. Il marche et moi, je le suis.

– Il n'avait aucune raison. Qu'est-ce que ça lui coûtait de m'héberger ? J'étais un enfant calme, j'ai toujours bien travaillé, je ne lui aurais causé aucun problème. Il faisait semblant de bien m'aimer mais, en réalité, il n'en avait rien à faire de moi. Il voulait profiter de sa belle vie à Milan, tout seul. Il ne voulait pas nous avoir, nous les ploucs, dans ses pattes.

– Mais qu'est-ce que l'école a à voir avec le fait que ce soit, comme tu dis, un assassin ?

Il s'arrête et me regarde avec des yeux terribles.

– Bien sûr que ça a à voir, et comment ! C'est entièrement de sa faute si Marco est mort ! Et moi je le hais, tu ne peux pas comprendre à quel point je hais ton père !

– Qui est Marco ?

– Tu ne sais pas, hein ? Il t'a tout caché parce qu'il se sentait coupable, le salaud ! Mais ça ne fait pas de toi une innocente, tu es coupable, comme lui !

– Explique-moi qui est Marco. Tu parles, tu parles, mais moi je n'y comprends rien !

– Marco est mon frère. Ou plutôt c'était mon frère. Pense un peu – quelle ironie ! – c'est moi qui avais choisi son prénom. J'avais supplié maman pour qu'on l'appelle Marco. J'avais sept ans et je voulais qu'il porte le nom de cet oncle que j'adorais, qui volait dans les ciels de presque tous les pays du monde, à bord d'avions de chasse que je rêvais de piloter. Il y a eu un moment où j'aurais voulu qu'il soit mon père. Comme j'étais bête ! Je me donnerais des claques ! Maintenant, chaque fois que je regarde mon père, je m'en veux d'avoir pensé que mon oncle était mieux que lui.

Il s'arrête et regarde au loin. Il reste un moment silencieux et je ne dis rien.

J'ai l'impression de sentir sa colère qui s'évapore et fait place à quelque chose de moins agressif mais plus… je ne sais comment dire… plus douloureux.

Quand il se remet à parler, c'est d'une voix si basse que je dois m'approcher pour comprendre ce qu'il dit.

– Après mes examens de fin de collège, maman m'a dit qu'il n'était pas possible que j'aille à Milan. Je le savais déjà, mais elle avait attendu que je termine mes examens tranquillement pour me l'annoncer. Quelle déception ! Ainsi j'allais devoir aller moi aussi au lycée en section scientifique, comme tous mes copains. Quatre années inutiles, que d'ailleurs j'ai détestées. Une perte de temps. La seule chose qui me plaît, c'est la philosophie, bien que pour le moment elle ne m'ait donné aucune réponse à ce que je cherche. Je m'étais vanté auprès de mes amis que j'irais à Milan faire l'école d'aéronautique, que je deviendrais pilote de chasse et je me retrouvais forcé de faire la même école qu'eux. Pendant un été entier j'ai essuyé leurs moqueries : « Alfò, où est-ce que tu devais aller, déjà ? « Tiens, le voilà, le pilote de Lesina ! », c'était trop humiliant !

Il s'appuie contre le muret qui entoure la villa.

– Maman m'a dit tout ça un soir. C'était le jour de notre arrivée ici, à Lesina, pour l'été. Je n'ai pas dormi de la nuit. A l'aube, je me suis levé, j'ai pris mon masque et mes palmes et je suis allé à la mer. Je voulais nager jusqu'à l'horizon, me perdre dans l'eau pour oublier, pour m'endormir, me réveiller, et découvrir que ça n'avait été qu'un mauvais rêve.

Moi aussi, je fais comme ça quand j'ai des idées noires. Alfonso se passe la main sur les yeux.

– Je n'ai jamais compris comment, mais ce qui est sûr c'est que Marco s'était réveillé et que, intrigué par mon comportement bizarre, il a décidé de me suivre. Peut-être qu'il s'était levé pour boire ou pour faire pipi. Je ne sais pas. Je suis arrivé à la plage. Elle était complètement déserte. Il devait être six heures ou même plus tôt. Le ciel était encore rosâtre. Je suis entré dans l'eau jusqu'à la taille, puis j'ai enfilé mon masque et mes palmes et je me suis mis à nager. Je voulais arriver jusqu'aux Tremiti. J'ai imaginé que mes parents s'inquiéteraient, que peut-être ils penseraient que j'étais mort, alors ils appelleraient mon oncle qui lui aussi s'inquiéterait et comprendrait son erreur. Après, quand ils m'auraient retrouvé sain et sauf, ils m'auraient dit que oui, je pouvais aller à Milan. Comme j'ai été con ! Et il secoue la tête.

Il dit « mon oncle » au lieu de dire « ton père ». Comme s'il parlait tout seul, comme si je n'étais pas là. Je reste silencieuse, j'attends qu'il reprenne.

– Quand je me suis arrêté, à cause de la fatigue et de la faim, j'étais très loin de la côte, mais à des années lumières des Tremiti. J'ai compris que jamais je n'y arriverais. Alors, lentement, j'ai nagé vers le rivage. Je pleurais dans mon masque, je pleurais sur mon rêve de devenir pilote et sur ma tentative ratée d'aller jusqu'aux Tremiti, je pleurais à cause des moqueries dont mes copains ne se priveraient pas et des baffes que me donnerait mon père. A un moment, je ne touchais pas encore le fond, je me suis arrêté pour reprendre mon souffle et j'ai vu quelque chose qui flottait. J'ai ôté mon masque, mais je n'ai pas compris ce que c'était. J'ai été pris de panique, sans savoir pourquoi. J'ai nagé le plus vite que j'ai pu et quand je suis arrivé tout près, j'ai compris qui c'était, sans même retourner le corps. J'ai reconnu la ligne de sa colonne vertébrale, le grain de beauté qu'il avait sur l'épaule, les cheveux noirs que maman lui avait coupés court pour l'été, la petite cicatrice sur le mollet gauche. Alors je l'ai retourné. Marco avait les yeux fermés et aucune expression sur le visage. Un visage vide et très beau. Je l'ai tiré jusqu'à la rive en criant de toutes mes forces. Tantôt « A l'aide ! », tantôt, « Allez Marco, on arrive, tiens bon, respire ». Quand je l'ai posé sur le sable, un jeune type, très grand, qui faisait son jogging sur la plage, est arrivé. Il m'a dit qu'il s'en occupait, qu'il était étudiant en médecine et que moi je devais courir appeler une ambulance.

Alors j'ai laissé mon frère et j'ai couru. Je ne me suis retourné qu'une seule fois sur les planches et j'ai vu cet homme agenouillé à côté de lui, il appuyait les mains sur sa poitrine puis il approchait sa bouche de la sienne. Le patron du Lido Centrale était en train d'ouvrir son bar et je lui ai tout expliqué. Il a téléphoné immédiatement à l'hôpital puis il a envoyé son fils prévenir mes parents. Maman et papa sont arrivés aussitôt. Puis, un bon moment après, l'ambulance. Mais Marco était mort. Il était déjà mort quand je l'ai repêché. Il avait six ans. Six ans, tu comprends ? Et moi j'en avais quatorze. J'ai voulu mourir moi aussi, ce jour-là. Peut-être que je suis vraiment mort et que je ne m'en suis pas encore rendu compte.

Maintenant, il quitte le muret et vient vers moi. Ses yeux sont à nouveau méchants.

– Tout ça, c'est la faute de ton père ! C'est lui qui l'a tué ! S'il n'avait pas dit non, je ne serais pas sorti comme un fou si tôt le matin et Marco ne m'aurait pas suivi. Et c'est aussi ta faute. Ta faute à toi qui es vivante alors que lui, il est mort. Et il me secoue très fort en me tenant par les épaules.

– Alfonso, arrête ! dit tante Mariella et elle lui caresse le visage. Elle est sortie du jardin sans qu'on l'ait aperçue.

– Arrête, mon chéri ! Et elle retire ses bras de mes épaules.

– Tu les vois, ces cheveux blancs ? crie Alfonso en touchant la tête de sa mère. Tu les vois ? Ils ont blanchi en une nuit, quand Marco est mort. Et ton père n'est même pas venu à l'enterrement, ni d'ailleurs ta mère, cette salope.

– Lucrè, rentre dans la maison *azzia*. Laisse-nous seuls, dit-elle. Et elle oblige son fils à s'asseoir sur le bord du trottoir. Elle s'assied elle aussi et lui caresse la tête.

CHAPITRE VINGT

DE : « Lucrezia Monteleone » lucri.leoncina@hotmail.it

A : « Marco Monteleone » marco.monteleone@libero.it

DATE D'ENVOI : mardi 2 juillet 2009 14h55

OBJET :

Papa, il vient d'arriver une chose terrible. Tu sais qu'Alfonso est tout le temps énervé contre moi. Aujourd'hui je lui ai demandé des explications et il m'a dit qu'il me hait parce que je suis ta fille, que tu es un lâche et un assassin. Il m'a raconté qu'il t'avait demandé de venir à Milan pour étudier et que tu as refusé. Alors, quand il l'a su, il est parti nager très tôt un matin avec son masque et ses palmes. Il ne s'est pas aperçu que son petit frère, qui s'appelait Marco et avait six ans, l'avait suivi. Quand il est revenu vers le rivage, il a trouvé son corps qui flottait. Il s'était noyé. Il m'a dit que vous n'étiez pas venus à l'enterrement.

Maintenant il est dehors, sur le chemin, et il parle avec ma tante.

Pourquoi tu ne m'as rien dit ? Pourquoi je ne savais rien de ce cousin qui est mort ? Tu ne m'as pas dit qu'Alfonso avait voulu venir vivre avec nous ? Pourquoi vous lui avez répondu non ? Pourquoi vous m'avez laissée venir ici comme une idiote sans m'avertir de tout ce qui s'était passé ?

Tu n'aurais pas pu m'en parler avant ?

Réponds dès que tu peux.

Lu

DE : « Marco Monteleone » marco.monteleone@libero.it

A : « Lucrezia Monteleone » lucri.leoncina@hotmail.it

DATE D'ENVOI : mercredi 2 juillet 2009 15h15

OBJET : R :

Bonjour, Princesse.

Aujourd'hui, j'ai mon après-midi de libre et j'étais devant l'ordinateur quand ton e-mail est arrivé, comme ça je peux te répondre tout de suite. Je voulais t'appeler sur ton portable mais après j'ai pensé que mon e-mail te restera et que tu pourras le relire chaque fois que tu en auras besoin.

Je veux te dire que je suis désolé pour ce qui s'est passé aujourd'hui. J'en suis désolé pour toi, Princesse, qui t'es trouvée dans cette tempête sans même savoir de quoi il s'agissait. Je suis désolé pour Alfonso qui continue à souffrir comme un chien à cause de l'histoire de Marco. Je suis désolé pour Mariella, pour Tonino et pour les autres garçons qui ont été affectés par ce deuil insupportable. Je crois qu'Andrea aussi, qui était petit à l'époque, en a souffert. Une famille qui a perdu un enfant survit parce qu'elle le doit, mais elle n'est plus la même après ça.

Alors, je veux tout t'expliquer du mieux possible et si après cet e-mail tout n'est pas clair pour toi, écris-moi ou téléphone-moi tout de suite.

Je ne veux pas, je te le répète, que des choses restent dans l'ombre.

Je commence donc depuis le début. Mariella m'avait téléphoné pour me dire qu'Alfonso voulait absolument entrer à l'Institut aéronautique de Milan et habiter chez nous. Elle m'avait dit aussi que ni elle ni Tonino n'avaient envie que leur aîné soit aussi loin de chez eux pendant cinq ans, alors qu'il était encore si jeune. Ils préféraient qu'il aille au lycée en section scientifique et qu'ensuite, après son bac, s'il était encore aussi déterminé à devenir pilote, on en reparlerait.

J'étais moi aussi de cet avis. Pour moi, la meilleure voie à suivre était – et est toujours, vu qu'Alfonso passera son bac l'année prochaine – celle de l'Académie aéronautique militaire. Ceci pour ce qui concernait l'école. Il y avait aussi d'autres questions. Maman et moi, nous sommes souvent absents, tu le sais, et tu restes avec ta nounou Emma en qui nous avons une confiance aveugle. Mais toi, c'est une chose, un gamin qui à l'époque était plus grand que tu l'es maintenant, c'est une tout autre affaire. Milan est une ville difficile. Je t'avoue qu'aujourd'hui déjà, avec un an d'avance, l'idée que tu prendras le métro pour aller au lycée dans le centre me donne des palpitations. Et puis, avoir la responsabilité d'un gamin qui n'est pas notre fils nous angoissait. Je ne sais pas comment t'expliquer, mais on s'inquiète davantage pour les enfants qui ne sont pas les nôtres et qui nous sont confiés. Et pour cinq ans. Ç'aurait été presque comme si on l'adoptait. Nous aurions dû continuellement prendre des décisions, pour l'école, mais aussi pour le sport, pour les activités d'après les cours, pour les amis qu'il aurait fréquentés. Bref, on était un peu effrayés. Maman, surtout. Moi, peut-être, sans trop y regarder, j'aurais dit oui, écoutant simplement l'affection que j'ai toujours eue pour l'aîné de mes neveux. Mais ta mère est toujours très préoccupée par l'organisation de notre vie, tu sais bien, elle veut tout contrôler et elle craint les changements et les imprévus. Ça la déstabilise. Alors j'ai appelé Mariella et je lui ai expliqué toutes les raisons pour lesquelles il n'était pas souhaitable qu'Alfonso vienne à Milan. Elle m'a dit qu'elle était d'accord avec moi, et que d'ailleurs je lui ôtais un poids de l'estomac. Tu as vu comme elle est, n'est-ce pas ? Affectueuse et très mère poule. Elle a besoin d'avoir tous ses garçons autour d'elle, de pouvoir les embrasser et leur distribuer des tapes sur la nuque chaque fois qu'elle en a envie. J'aurais voulu parler aussi avec Alfonso, mais Mariella m'a dit qu'elle le lui expliquerait elle-même après ses examens de fin de collège, comme ça, d'ici là, il réviserait tranquillement.

Ensuite, il ne m'a plus été possible de lui parler. Quand je téléphonais, il était toujours ailleurs, de sortie avec l'équipe de foot, invité chez des amis, en excursion avec l'école. J'ai eu alors l'impression qu'il m'évitait, mais Mariella minimisait, elle disait que c'était un problème d'âge, que les adolescents ont un caractère difficile, que je ne devais pas lui en vouloir. Je l'ai crue. Sans doute parce que je voulais la croire à tout prix.

Pour ce qui est de l'enterrement, malheureusement, c'est comme l'a dit Alfonso, nous n'avons pas pu venir. Quand ta mère m'a téléphoné pour m'avertir de la mort de Marco, j'étais au Liban. J'ai couru voir mon commandant pour lui demander une permission spéciale, mais je savais déjà qu'il ne m'aurait pas laissé partir.

Pour deux raisons d'égale importance : la première c'était que dans ce type de missions aucun retour anticipé n'est prévu, la seconde, c'est qu'un neveu n'est pas considéré comme un parent proche – ni par l'armée ni par les contrats de travail d'autres sortes – et donc même si j'avais été ici à Milan, je n'y aurais pas eu droit non plus. Bien sûr, si j'avais été en Italie, j'aurais pu prendre un congé sans donner d'explications... Dès que je suis rentré, quinze ou vingt jours plus tard, je me suis précipité à Foggia, mais je ne suis pas parvenu à parler avec Alfonso : il était pour quelques jours chez des amis, hors de la ville. Et personne, à cette occasion, ni par la suite, ne m'a dit qu'Alfonso était allé nager pour apaiser sa déception de ne pas aller à Milan. Je n'avais aucune raison de lier les deux faits. Au printemps, j'avais convenu avec Mariella qu'Alfonso ne pourrait pas venir ici – on était en avril ou en mai – et Marco s'est noyé en juin. Bien sûr, maintenant que je sais tout, peut-être que oui, j'aurais pu soupçonner quelque chose, mais le dire maintenant est facile et inutile.

Ta mère non plus n'est pas allée à l'enterrement. Tu avais la rougeole, ou peut-être la scarlatine. Ou c'était une mononucléose ? Je ne m'en souviens pas, mais je sais que tu avais beaucoup de fièvre et elle n'avait pas voulu te laisser seule avec Emma.

Bien sûr, si je me mets maintenant dans la peau d'un garçon de quatorze ans bouleversé, qui vient de ramener jusqu'au rivage son petit frère noyé, si j'essaye de penser avec sa tête, alors oui, toutes les pièces du puzzle s'assemblent. Je ne peux vraiment pas lui donner tort, maintenant que je sais ce que jusqu'ici j'ignorais.

Mariella et Tonino ont été merveilleux. Ils se sont contraints à être forts pour leurs trois fils, qui avaient besoin d'eux. Andrea d'ailleurs était tout petit, il devait avoir deux ou trois ans. Ils sont très croyants, tu sais ? Et croire en Dieu les a aidés à trouver un sens à ce qui était arrivé.

Puis il y a eu Daniele et sa naissance a eu un effet réparateur, ça a été le signe que Dieu voulait leur bien et que la famille grandirait saine et forte.

Voilà, c'est tout ce que je peux te dire. Il est inutile que je te raconte combien ta mère et moi nous avons souffert et combien la mort de Marco nous a bouleversés. C'est inutile parce que la douleur ne peut s'expliquer et parce que tu nous connais et tu peux toi-même l'imaginer.

Je te promets solennellement que je parlerai avec Alfonso dès que ce sera possible, même si je devais pour cela me mettre en travers de sa route et le bloquer d'un coup de poing (ou plus probablement en recevoir un de sa part, vu qu'il est tellement décidé à me détester), même si je suis certain que Mariella lui a expliqué de nombreuses fois comment les choses se sont réellement passées. Je te le promets.

Je t'aime très fort et je t'embrasse de tout mon cœur.

Papa

P.S. Promets-moi toi aussi que si jamais tu as un problème sérieux me concernant, tu n'attendras pas que le temps ait creusé des sillons trop profonds. Dis-moi aussitôt ce que tu as à me dire, avant que les choses se pétrifient et que les « je croyais », « je pensais » et « j'avais compris que » soient devenus des vérités indiscutables. Tu me le promets ?

CHAPITRE VINGT ET UN

Je me sens un peu plus tranquille après cet e-mail de papa, et si de temps en temps mes larmes continuent de couler, je ne sanglote plus. Tante Mariella rentre seule et vient s'asseoir sur la balancelle, à côté de moi. Je ne sais que lui dire : j'ai peur qu'elle soit fâchée contre moi, ou contre papa, ou les deux.

– Lucrezia, *azzia*, je ne sais pas si tu es assez grande pour comprendre ce que je vais te dire. Mais tu sais si bien y faire avec Pippo, tu comprends avant nous ce qu'il veut dire, alors peut-être que tu es assez grande pour comprendre aussi Alfonso.

Ma tante n'est pas fâchée contre moi !

– Alfonso t'en veut, mais seulement parce qu'il en veut à ton père. Mais toi, tu n'y es pour rien. Il t'en voudrait tout autant si tu étais un garçon ou si tu avais huit ans. Il ne te supporte pas parce que tu es la fille de Marco. Parce que tu es vivante et que son frère est mort. Parce que cet oncle qu'il adorait vit heureux avec sa fille alors que son père a perdu un fils. Le problème, c'est l'adoration exagérée qu'il éprouvait pour ton père. Pour lui c'était le véritable héros, l'homme parfait, le modèle à imiter. Et le plus drôle, c'est qu'ils se ressemblent comme deux gouttes d'eau, tu as vu ? Alfonso s'était imaginé qu'il pourrait venir chez toi, à Milan, pour faire ses études. Mais dès le début, Tonino, ton père et moi, nous avions estimé que ce ne serait pas possible. En ne le lui disant pas tout de suite, j'ai commis une erreur. J'ai été stupide. J'ai pensé que tant qu'Alfonso serait déterminé à faire tout son possible pour obtenir l'approbation de son oncle, il travaillerait d'arrache-pied. Et en effet, il a fini le collège avec une mention très bien. Je ne le lui ai dit que lorsque nous sommes arrivés ici, à Lesina. J'aurais dû sans doute insister davantage pour le convaincre que c'était une décision commune. Peut-être qu'au fond, pour moi aussi, c'était plus simple de le laisser croire que c'était Marco qui avait pris la décision, de me décharger de cette responsabilité sur mon frère, de me dire qu'à lui, il ne lui en voudrait pas, tandis que moi, il m'aurait fait tourner en bourrique tout l'été. Je ne sais pas, ce sont des choses qui arrivent, on n'y réfléchit qu'après coup.

Elle parle la tête baissée en triturant l'ourlet de sa robe. Où est donc la tante épanouie et joyeuse que je connais ?

– Comment décréter que ce fut la faute de tel ou tel ? Nous aurions dû expliquer cela à Alfonso tout de suite, en avril, au risque que, déçu, il soit moins motivé pour travailler. Nous aurions dû faire en sorte qu'il parle avec ton père. Il serait parvenu, lui, à le convaincre que faire le lycée et ensuite l'Académie Aéronautique était la meilleure solution pour devenir pilote. Nous aurions dû, ce matin-là, entendre Alfonso et Marco, quand ils ont quitté la maison. Alfonso aurait pu se retourner au moins une fois le long du chemin et s'apercevoir que son petit frère le suivait. Marco n'aurait pas dû cesser de nager comme un petit chien justement au-dessus de ce trou où il n'avait pas pied. Un mètre avant ou un mètre après, il aurait pu poser les pieds sur le sable et revenir vers la rive.

Elle se tait un instant et regarde ses mains.

– Comment déclarer, *azzia*, que ce fut la faute de tel ou tel ? Non, ce n'est pas possible. Parce que ce ne fut la faute de personne. C'est arrivé. Point. Ce fut un accident. Il y en a tellement dans le monde et il semble impossible que ça puisse nous arriver à nous. Et puis ça arrive. On ne peut que se désespérer, pleurer et prier. Mais après, il faut continuer à vivre. Quand tu comprends que ce n'était la faute de personne, qu'il n'y avait aucune mauvaise intention, aucune méchanceté, alors tu prends ton chagrin sur tes épaules et tu continues.

Elle hoche la tête, pose une main sur l'autre et se met à balancer légèrement le buste.

– Alfonso avait absolument besoin d'un coupable. De deux, même. Il en avait déjà un, et c'était lui-même. Mais il sentait qu'il n'y arriverait pas, qu'il ne pourrait pas porter tout ce poids tout seul, donc il s'est délesté d'une bonne part sur ton père. C'était le bouc émissaire parfait, *azzia*, je ne sais pas si tu me comprends. Il habitait loin, il suffisait de l'éviter quand il téléphonait, et le jeu était fait. Une fois encore, nous nous sommes trompés, nous aurions dû l'obliger à rencontrer son oncle, à s'expliquer avec lui. Les grands, malheureusement, se trompent plus encore que les petits. A ce moment-là, nous n'avions pas la force de nous opposer à lui, nous avions deux autres enfants à élever et peut-être avons-nous pensé qu'en déchargeant son sentiment de culpabilité sur un autre il parviendrait à se débarrasser du sien. Tu sais, Lucrè, je te le dis maintenant, mais promets-moi de n'en parler à personne : pendant quelque temps, on suivait Alfonso partout, on avait peur qu'il commette une bêtise. Alors, quand il a commencé à mal parler de ton père, nous nous sommes dit : c'est un premier pas, peu à peu il va se libérer de son fardeau. Et regarde, beau résultat ! Cinq ans après, il souffre encore tellement qu'il ne peut même pas supporter ta présence. Ô Sainte Vierge ! Qu'est-ce que je peux faire ?

– Ma tante, tu préfères que je retourne à Milan ? Peut-être que ça tranquillisera Alfonso…

– Mais qu'est-ce que tu dis, *azzia* ? Non, tu restes ici. Ta place est ici. Et tu verras que de cette crise, il sortira quelque chose de bon. Ras le bol de ce silence !

Le moment est venu pour nous tous d'affronter ce monstre de douleur et d'aider Alfonso à s'en libérer.

– Tu sais, tante Mariella, tout à l'heure j'ai écrit un e-mail à papa pour lui raconter ce qui était arrivé. Il a répondu qu'il viendra ici parler avec Alfonso dès qu'il rentrera de Bruxelles. Qu'il lui expliquera tout. Il a écrit qu'il est prêt à lui filer une beigne, mais il est plus probable que ce sera Alfonso qui lui en balancera une.

Tante Mariella rit et elle essuie une larme. On peut rire et pleurer en même temps ?

– Eh ! Je les vois déjà, ces deux-là, se battre à coup de poing ! Les hommes, tu sais, résolvent un tas de choses avec un coup de poing bien asséné. Nous, les femmes, nous fondons en larmes, nous pensons à tous les si et à tous les mais, nous n'en dormons pas de la nuit, nous jurons vengeance, nous lançons des malédictions... Eux ils s'affrontent, échangent un bon coup de poing, et tout est réglé. Ça repart comme avant. Merveilleux, tu ne trouves pas ?

Je ne réponds pas, je ne sais pas si ce que dit ma tante est vrai. Et maman me répète toujours que si je n'ai rien à dire, eh bien je dois me taire. Pourtant, je demande :

– Mais moi, maintenant, qu'est-ce que je dois faire avec Alfonso ?

Parce que c'est bien ça le problème.

– Fais comme d'habitude, et ne t'inquiète pas si pendant un moment il continue à ne pas t'adresser la parole. C'est un garçon orgueilleux et pour lui il n'est pas facile de changer d'attitude. Il ne peut changer que s'il est sûr que personne n'y prêtera attention. Et nous, nous ferons semblant de rien. N'est-ce pas, Lucrè ?

Je ferai comme ça, ça me paraît le plus simple.

Ma tante me donne un baiser sur le front et entre dans la maison.

CHAPITRE VINGT-DEUX

The day after. Je suis au bar du Lido Centrale avec Giuseppe et ses amis quand je vois ma tante passer avec la poussette. Elle a aussi le sac de plage avec toutes les provisions, la bouée en forme de canard. Je ne sais pas comment elle fait pour voir la route. Je la rejoins.

– Ça va, ma tante ? Tu me donnes quelque chose à porter ? Tu as l'air d'un sherpa.

Pippo me salue.

– Ajou Kessia !

– Bonjour, *bella di zia*, merci. Prends la bouée.

Et nous voilà en route vers le parasol.

Mon oncle est plongé dans la lecture de son journal mais, quand nous arrivons, il se lève pour aider sa femme.

– Eh ! Qu'est-ce qui se passe ce matin ? Comment se fait-il que vous soyez tous prêts à m'aider ? Il est arrivé quelque chose ? demande ma tante d'un ton sévère, mais je vois qu'elle est contente.

– Tu la vois, Lucrè ? Si tu ne l'aides pas, elle râle, et si tu l'aides, elle râle aussi. Madame est impossible à contenter. Tu sais quoi ? Pippo et moi, nous allons nous baigner. Salut la compagnie !

– Vouiiii, vouiii vouiiii, Pippo bain-bain !!!

Mon oncle le soulève et ils partent tous les deux vers le bord de l'eau. De temps à autre ils se retournent et nous saluent de la main.

– Ma tante, j'ai un truc à te dire. Ce matin, j'ai appelé maman et elle m'a dit qu'hier elle m'a envoyé un e-mail pour toi. Seulement elle doit l'avoir envoyé quand j'avais déjà éteint mon notebook. Quand on rentre à la maison, je l'allume, comme ça tu peux le lire.

– Quelle journée bizarre, aujourd'hui ! Tu m'aides à porter les sacs, Tonino, de son plein gré, décide d'emmener Pippo se baigner, et voilà que ta mère m'écrit une lettre. Qu'est-ce qu'il peut encore arriver ? Que les garçons fassent la vaisselle et rangent leur chambre ? Non, ça serait vraiment trop beau !

Elle s'assied sur le bord du transat et me regarde.

– Dis-moi, *azzia*.

– Quoi ?

– Tu as la tête de quelqu'un qui a une faute extrêmement grave à confesser. Voilà cinq minutes que tu me tournes autour comme un saint-bernard. Assieds-toi ici et raconte. Ça ne peut pas être si grave.

Je m'assieds sur le transat à côté d'elle. Non, je n'ai rien de spécial à lui dire, mais…

– Oui, j'ai quelque chose à te demander… rien, en fait, un truc idiot… Tu te rappelles, hier nous avons parlé des sentiments de culpabilité. Eh bien, d'après toi, ça pourrait être de ma faute ce qui est arrivé à maman ?

Ça y est, je l'ai dit.

– De ta faute ? En quel sens ?

Comme c'est drôle : quand ma tante se concentre, comme maintenant, ses yeux deviennent plus verts.

– Voilà, je ne sais pas comment t'expliquer. Tu sais comment est maman ? Hyper ordonnée et organisée. Alors quand j'ai su qu'un bébé allait arriver, j'ai souhaité que ce soit une vraie peste, une peste bubonique : tu sais, ces mômes qui dessinent sur les murs et enfilent des trucs dans le lecteur DVD et cassent tous les bibelots. Oui, une peste plus, plus, plus. Mais après, maman s'est sentie mal et le docteur à l'hôpital a dit que le bébé avait trop fait le polisson et alors, moi, j'ai pensé que… que… oui, en fait… c'était de ma faute, que c'était parce que j'avais eu en tête toutes ces idées que lui avait vraiment fait le polisson et que maman et lui s'étaient trouvés en danger.

Ma tante me regarde, attentive, puis les coins de sa bouche commencent à trembler et elle… éclate d'un grand rire. Elle rit, elle rit, puis, de temps à autre, elle s'arrête, me regarde et éclate de rire à nouveau. Je ne sais pas pourquoi, mais moi aussi, j'ai envie de rire.

– Excuse-moi, mais c'est l'histoire la plus drôle que j'aie entendue depuis le début de l'été. Est-ce que j'ai bien compris ? Tu penses que tu as jeté sur ta maman une espèce de malédiction, qui a transformé le futur bébé en une espèce de diablotin, déchaîné au point de menacer le bon déroulement de cette grossesse ?

– Eh bien, oui… plus ou moins.

Dit comme ça, ça me paraît drôle, à moi aussi.

– Allucrè, et dire que je te croyais si intelligente et si judicieuse ! Comment une sottise pareille a pu te venir à l'esprit ? Procédons par ordre : pour commencer, il ne suffit pas de penser une chose pour qu'elle advienne, ce serait trop beau, ou trop affreux, si on y réfléchit. Ta mère a eu un simple décollement du placenta, ça arrive parfois et ce n'est la faute de personne. Le sac dans lequel vit l'enfant comme dans une piscine spéciale, chauffée, s'est détaché en divers endroits de l'utérus, qui est l'organe qui le contient. Tout est clair, jusqu'ici ? Bien, alors maintenant ta mère est en train de prendre un médicament par intraveineuse qui aide le placenta à mieux adhérer à l'utérus. Une espèce de colle. Pour faciliter ce processus, ta mère doit rester le plus possible allongée. Voilà tout. Ça m'est arrivé à moi aussi, quand j'attendais Alfonso. Cela dit, ton frère ou ta sœur pourrait bien être de vraies pestes, mais tu n'y aurais aucun mérite. Non mais, regarde-moi cette petite idiote, qui se prend pour une apprentie sorcière !

Je répète, juste pour être sûre :

– Alors ce n'est pas ma faute ?

– Ab-so-lu-ment pas ! dit ma tante. Et elle me donne un gros baiser sur la joue.

Maintenant je me sens toute légère, j'ai envie de courir et de sauter.

– Eh Mariè ! Qu'est-ce que tu fais, assise là toute seule, sans tes enfants ? demande une des Maria, celle du parasol d'à côté.

– Aujourd'hui, tout est bizarre. Oh ! Mais, celui-là, c'est bien David ? demande ma tante en regardant un gamin qui court sur les planches vers la sortie.

David est le fils de l'aide à domicile d'une vieille dame qui a un parasol un peu devant. L'hiver, la mère de David va chez la dame seulement pour la nuit mais, l'été, elle vient avec elle à Lecina et elle peut aussi y amener David, autrement, il n'y aurait personne pour le garder, vu que son mari est mécanicien et qu'il travaille toute la journée. Ils viennent de Moldavie, une région de la Russie, m'a expliqué mon oncle. Il dit aussi que ce sont des gens très sympathiques et que David, qui va à la même école qu'Andrea, est très intelligent. C'est le premier de la classe. Comme sa mère et la vieille dame rentrent tôt de la plage pour éviter la chaleur, elles le laissent jouer avec les autres. C'est un enfant calme. Mariella et les autres mamans contrôlent de temps à autre si tout va bien.

– Eh, David, où tu vas, à cette heure ? demande ma tante.

– Je rentre chez moi, explique-t-il.

En effet, il a remis son tee-shirt et son short. Il a l'air triste.

– Mais pourquoi tu t'en vas si vite ? Il est arrivé quelque chose ? Tu t'es disputé avec quelqu'un ?

– Non, c'est que les autres enfants disent des gros mots et mon papa ne veut pas que je les apprenne. Il dit que quand les autres disent des gros mots, je dois m'en aller.

Mariella regarde Maria et Maria regarde Mariella. Elles se disent quelque chose avec les yeux, mais je n'arrive pas à comprendre quoi.

– Ton papa a raison. Mais parfois, ça peut arriver. Et si tu faisais comme si tu n'avais rien entendu et tu essayais de jouer encore avec eux ? C'est dommage que tu rentres chez toi si tôt.

– Je ne peux pas rester. Une fois, à Foggia, papa est venu me chercher pendant que je jouais au foot et il a entendu les autres qui disaient des gros mots. Alors il m'a acheté un dictionnaire et il m'a fait chercher les gros mots que j'avais entendus. Mais je ne les ai pas trouvés tous. Ceux que j'ai trouvés, il me les a fait souligner en rouge et il m'a fait promettre de ne jamais les dire.

Mariella regarde Maria et Maria regarde Mariella.

– C'est bien, David. Alors, on se voit cet après-midi. Sois prudent sur la route.

– Bonjour ! dit-il en me saluant. Il est toujours très poli.

– David, excuse-moi. Tu jouais aussi avec Andrea ? demande ma tante.

– Et avec Antonio ? demande Maria. Antonio est son fils.

– Oui, ils sont encore dans l'eau, répond David, et il s'en va.

Mariella regarde Maria et Maria regarde Mariella. Puis toutes les deux se lèvent en même temps et, tout en allant vers la mer, elles marmonnent des phrases du genre : « Il ne manquerait plus que ce gamin de huit ans nous apprenne comment élever nos gosses » ou « Attends un peu que j'attrape mon fils, ce petit voyou ». Je les suis, la situation m'intrigue.

Elles marchent à une allure si militaire que les gens qui les croisent sur les planches s'écartent prudemment. Elles arrivent au rivage. Les enfants jouent tous ensemble au frisbee. Ils sont dans l'eau, dans la deuxième zone, entre celle des petits et celle des ados.

– Andrea, viens ici, tout de suite ! hurle ma tante.

– Anto', sors immédiatement ! crie Maria.

Il faut le leur répéter trois ou quatre fois avant que les deux gamins sortent de l'eau.

– Qu'est-ce qu'il y a ?

– C'est pas l'heure de sortir !

– Qu'est-ce que vous avez à crier comme ça ! se plaignent les enfants.

Après, j'ai du mal à saisir qui dit quoi parce que tous les quatre parlent en même temps.

Bref, les mamans accusent, les enfants nient, les mamans insistent, les enfant jurent que jamais, non jamais, ils n'ont dit le moindre gros mot, et que ce sont les autres qui en disent. Les mamans alors disent que peu importe si ce sont eux qui les ont dit ou les autres, ils ne doivent pas laisser leurs amis en dire, ou sinon ils doivent refuser de jouer avec eux.

Tarzan sort de l'eau et en passant à côté d'elles, il ricane.

– *Uagliò*, c'est vraiment pas de bol ! Elles vous crient dessus parce que vous avez eu le courage de dire à ce minable que c'est un Moldave de merde. Moi je lui dis encore pire, et ma mère n'oserait pas me toucher, même pas avec un doigt !

– Qu'est-ce que tu as dit ? Ma tante se tourne vers Tarzan, les mains sur les hanches.

– J'ai dit que tu nous les casses grave et que les gamins devraient apprendre vite fait à se défendre contre ces salauds d'étrangers qui nous...

Une claque bien assénée sur la nuque l'interrompt. C'est oncle Tonino, avec Pippo dans ses bras.

– Lave-toi la bouche, vaurien ! Quant aux résultats, on les voit : ta mère ne t'a pas donné autant de baffes que tu en mérites ! A partir de maintenant, tiens-toi à distance de mes garçons. Gare à toi si tu t'approches encore d'Andrea et de Giuseppe !

– Et d'Antonio, ajoute Maria.

– Et de Lucrezia, reprend ma tante.

Merci ma tante !

– Et maintenant, disparais ! Sinon je te flanque deux baffes si fortes que tu ne sauras même plus où tu habites.

Tarzan s'en va, mais quand il arrive sur les planches, il se retourne et il s'écrie :

– Pour qui vous vous prenez ! Vous n'êtes que des lâches, des cons, et vous allez le regretter !

Mais quand il voit mon oncle qui pose Pippo et court pour le rattraper, il s'enfuit à toutes jambes.

CHAPITRE VINGT-TROIS

DE : « Carola Rizzi » c.rizzi@agenziatopmodel.com

A : « Lucrezia Monteleone » lucri.leoncina@hotmail.it

DATE D'ENVOI : mercredi 2 juillet 2009 21h30

OBJET : Alfonso & C.

Bonsoir Lulu, mon amour.

J'ai essayé de t'appeler tout l'après-midi. Ça sonnait, mais tu ne répondais pas. Ce soir j'ai eu papa au téléphone. Il m'a raconté ce qui est arrivé et nous avons pensé que peut-être tu n'avais pas envie de nous parler. Moi non plus, à ta place, après les événements d'aujourd'hui je n'aurais pas envie de parler. Tranquillise-toi : avec le temps Alfonso comprendra comment les choses se sont vraiment passées, il pourra enfin apaiser sa douleur et son sentiment de culpabilité, y puiser des leçons bénéfiques.

Les choses ne paraissent simples que quand on veut se les rappeler ainsi, parce que c'est plus commode, parce que c'est plus facile. Mais en réalité elles sont toujours plus compliquées qu'il n'y paraît. Plus nous les voyons complètement blanches ou complètement noires, plus elles nous reviennent riches de mille nuances que gris.

Eh oui ! C'est bien moi qui te le dis, moi qui, il y a des années, aurais fait un pacte avec le diable pour vivre dans un monde clairement délimité : droite/gauche, dessus/dessous, blanc/noir, tout/rien, raison/tort. Par contre et, heureusement !!!, ton père, et toi aussi, inconsciemment et par le seul fait d'exister, vous m'avez appris que la vraie richesse, c'est celle-là, que la vie serait vraiment triste si elle était seulement comme je l'avais imaginée. Tu vois, je philosophe. Ce n'est pas mon style, je le sais, mais tout ce temps libre à l'hôpital m'oblige à penser, à réfléchir, à remettre en cause bien des choses.

Comme tu peux le constater, j'ai maintenant un ordinateur portable. C'est Teresa qui me l'a apporté aujourd'hui. A propos, elle m'a encore demandé si tu voulais à nouveau participer à un défilé. Je lui ai dit que par correction je te demanderais, mais que je savais déjà que tu lui aurais répondu non. Si tu changes d'avis, surtout, dis-le-moi. Tu te souviens de ce jour où – tu devais avoir quatre ans – tu as défilé pour la collection enfants d'un ami styliste ? Arrivée au milieu de la passerelle, tu as aperçu un petit chien au premier rang, tu t'es arrêtée brusquement, tu t'es agenouillée et tu as dit quelque chose comme : « Oh que tu es mignon ! Tu es gentil, hein ? Moi je m'appelle Lucrezia ». Quand tu as vu qu'il agitait la queue, tout content, tu as sauté en bas de la passerelle et tu es allée le caresser. Il n'y a pas eu moyen de te faire remonter. Tu es restée avec le chiot pendant tout le défilé. Premier et dernier épisode de ta carrière de mannequin, heureusement.

Ce matin, j'ai fait une nouvelle échographie. Le bébé, tu sais, n'est plus un petit haricot, mais vraiment un enfant en miniature. Pendant que le docteur et moi on l'observait, il n'est pas resté tranquille une seconde. J'ai l'impression que ce sera une vraie peste…

Ecoute, Lulu. Après en avoir discuté avec papa, j'ai écrit une lettre à Mariella. Depuis que tu es partie, je n'arrête pas d'y penser, et aujourd'hui ton problème avec Alfonso m'a définitivement convaincue. C'est la pièce jointe. Tu peux la lire et la faire lire à ta tante ?

Un grand merci. Appelle-moi dès que tu auras décidé de rétablir la communication !

Je t'aime de tout mon cœur, maman.

Milan, 2 juillet 2009

Chère Mariella,

Il y a si longtemps que je voulais t'écrire. Si longtemps, ça veut dire quelques années, et puis le temps a passé et l'intention s'est tellement diluée qu'elle a fini par perdre son sens. Quand Lucrezia est partie pour passer ses vacances chez vous, j'ai compris que le moment était venu de nous rapprocher et aussi que je te dise certaines choses. Mais pour te les dire, il a d'abord fallu que je me les explique à moi-même, et pour cela j'ai eu besoin du temps.

Maintenant je suis prête, je crois.

Je veux d'abord te remercier mille fois pour ta sérénité et ton enthousiasme quand Marco t'a demandé de prendre Lucrezia avec toi en cette situation d'urgence. Comme tu sais, nous étions vraiment dans l'embarras, avec notre nounou historique, Emma (qui est pour Lulu comme une grand-mère), en France, Marco à Bruxelles et moi bloquée ici à l'hôpital, avec ce décollement de placenta. Comme te l'aura dit Marco, ma mère et ma sœur se sont défilées dès qu'elles ont senti qu'il pourrait y avoir une demande dans l'air. Tu n'as aucun mal à l'imaginer, je crois. J'aime ma mère, mais je dois admettre que c'est la personne la plus froide et la plus égoïste que j'ai connue, je pense sincèrement qu'elle n'est pas génétiquement programmée pour éprouver des sentiments. Il n'est pas facile d'aimer une personne comme elle. Parfois je me demande si j'aime ma mère telle qu'elle est ou l'image que j'ai dans ma tête d'une mère normalement affectueuse, comme la tienne et celle de Marco, que j'ai connue d'après vos récits.

Quant à ma sœur, je ne perdrai pas mon temps à écrire une seule ligne sur elle. Tu as dit toi-même une fois que c'était une personne inutile, et en effet, c'était bien vu.

Si tu n'avais pas été là, je n'imagine même pas comment nous aurions pu nous organiser !

Je ne t'écris pas une lettre de remerciement. Ou, du moins, ce n'est pas seulement mon intention. C'est aussi une lettre d'excuses et d'éclaircissements, si tu as assez de patience et d'affection – et il t'en faudra ! – pour la lire.

J'ai tant de choses à me faire pardonner : les omissions, les visites que je n'ai pas faites, les fêtes auxquelles je n'ai pas assisté, les coups de téléphone jamais passés.

Descendre vous voir dans les Pouilles a toujours été difficile pour moi. J'aimais votre chaleur, votre affection, votre histoire familiale constamment évoquée et remémorée, vos lits et vos places à table qui se multipliaient comme par magie. Mais pour moi, c'était trop. Ça m'obligeait à critiquer ma famille d'origine, à en comptabiliser les erreurs, à préférer ta maison à la villa de ma mère. Je n'étais pas prête. J'avais peut-être besoin d'y voir clair dans ma propre histoire.

Et puis quand j'étais là, toi et tes amies, vous étiez toujours sur la défensive, vous me traitiez gentiment, oui, mais c'était comme si vous ne cessiez jamais de juger ma manière de m'habiller, de me comparer avec vous. Tout cela parce que, dans le passé, j'avais été mannequin. Si tu savais à quel point l'esthétique et la mode ont peu d'importance pour moi ! Je suis comme je suis, maigre par nature. Je ne m'inflige aucune torture, ni régimes ni salles de gym, je ne vais pas chez l'esthéticienne chaque semaine, je ne suis pas une fan des coiffeurs. Je travaille pour une agence de mannequins et c'est un travail comme un autre, je t'assure.

Par contre, je ne t'ai jamais dit combien j'aimais tes cheveux, cette masse de boucles noires qui te descendaient jusqu'au milieu du dos, tes yeux verts, tes fossettes, ta bouche au large sourire, ton visage doux et si méditerranéen ! J'aurais volontiers échangé avec toi ma maigreur et mes cheveux blonds. Je crois que j'ai été jalouse de toi, de l'histoire que tu partageais avec Marco, de la complicité qui vous unissait. Peut-être que j'avais peur qu'il décide de s'en tenir à ce bonheur familial et qu'il me quitte. Alors, petit à petit, j'ai espacé mes visites. J'avais plaisir à ce que Marco vienne vous voir, mais j'avais toujours une bonne excuse pour ne pas l'accompagner et pour ne pas envoyer Lucrezia avec lui.

Quand ton fils est mort, Marco était au Liban et il n'avait aucun moyen de rentrer, Lucrezia avait une forme grave de mononucléose, qui créait aussi des problèmes hépatiques. Je n'ai pas voulu la laisser seule avec Emma, sa nounou…

Et puis, si j'avais eu le courage de venir te voir, si je n'avais pas laissé passer tant d'années, si nous nous étions parlé, si… si…

Et là, Alfonso a raison. J'ai été lâche. J'aurais pu accompagner Marco quand, tout juste rentré du Liban, il est descendu dans le Sud. J'aurais dû le faire pour lui et pour vous. Mais je n'arrivais pas à imaginer ce que j'aurais pu vous dire, comment j'aurais pu vous consoler. Je n'ai pas pu, je ne m'en suis pas sentie capable. Quelle idiote j'ai été : je me suis même figurée que mon silence était une forme de respect envers vous!

Il m'a fallu cette peur de perdre un enfant pas encore né pour comprendre combien il est important d'avoir autour de soi des gens qui nous aiment, nous comprennent, nous soutiennent, sont disposés à nous aider. Je sais que tu arriveras à lire, même entre les lignes, tout ce que je ne t'ai pas écrit, peut-être parce que je ne l'ai pas encore compris et que ça me viendra en tête dans les prochains jours.

Je t'appellerai et je viendrai te voir. Promis. Mais donnons-nous un peu de temps. Juste un peu, le temps que je digère cette confession et que tu puisses la lire calmement et, je l'espère, affectueusement.

Je t'embrasse, Carola

DE : « Lucrezia Monteleone » lucri.leoncina@hotmail.it

A : « Carola Rizzi » c.rizzi@agenziatopmodel.com

DATE D'ENVOI : jeudi 3 juillet 2009 15h44

OBJET : R : Alfonso & C.

Ciao maman. Je t'écris la réponse que ma tante me dicte. Elle dit que c'est la première fois qu'elle écrit un e-mail et qu'elle se sent un peu embarrassée, qu'elle regrette les vraies lettres, sur des feuilles de papier ornées de motifs de fleurs qu'on s'envoyait autrefois par la poste. Bon, voilà ce qu'elle dit :

Chère Carola, ta lettre m'a fait très plaisir et je veux t'assurer que je l'ai lue aussi entre les lignes. Je crois que nous devons parler de tout ce qui s'est passé en nous regardant dans les yeux. Mais peut-être n'avons-nous rien de plus à en dire. Ce qui est arrivé ne peut plus être changé et donc nous devons nous concentrer sur le présent et l'avenir. Ce serait vraiment bien si on pouvait se voir. Surtout fais-moi savoir comment va le petit qui est en route !

Tu as une fille splendide et c'est un plaisir de l'avoir ici. Elle m'aide beaucoup et elle est toujours attentive aux autres. Les miens, par contre, sont des chenapans et des bons à rien. Mais ils sont adorables, quand je ne dois pas leur distribuer des taloches !

Je vais te laisser parce que ce truc où il faut que je dicte l'e-mail pour te répondre me fait perdre le fil, mais j'ai encore une chose importante à te dire : non, je n'étais pas jalouse de ta beauté, même si tu es vraiment belle, ce qui au contraire me fascinait et que je t'enviais, c'était ta façon mystérieuse de faire les choses : on ne devinait jamais ce que tu pensais. Pour moi, qui parle toujours avec mon cœur et n'arrive pas à cacher mes sentiments, ne serait-ce qu'un instant, ça me sidérait. Et puis c'était moi qui te jalousais : j'avais peur que tu éloignes mon frère de moi, alors qu'il était tout ce qu'il me restait de ma famille.

Comme nous avons été stupides !

Je t'embrasse fort, Mariella.

A bientôt, maman, un gros bisou à toi et au petit haricot,

Lulu

CHAPITRE VINGT-QUATRE

La musique est à plein volume. Je n'essaye même pas de hurler, Giuseppe ne m'entendrait pas. Je m'approche de lui et je lui montre l'heure à mon poignet. Minuit et demi. Comme chaque soir, on doit être rentrés pour une heure. En plus, ce soir on est allés plus loin que d'habitude. Le Lido du Cormoran est au-delà du canal et il faut au moins vingt minutes pour rentrer à la maison. Giuseppe m'ignore. Ce soir il ne voit que Francesca qui, pour la première fois depuis que je la connais, daigne lui accorder un peu d'attention. Ils dansent ensemble depuis deux heures, mais ils ne se sont pas encore embrassés. Je lui montre encore une fois l'heure et il hausse les épaules. Alors je le prends par le bras et je l'entraîne jusqu'au muret, vers la plage.

– Giuseppe, il faut qu'on rentre, sinon ta mère va nous faire une tête comme ça.

– Non, je ne rentre pas maintenant. J'en ai ras le bol de cette histoire. Les autres sont toujours dehors au moins jusqu'à deux heures du mat'.

– Mais on ne peut pas !

– Lucrè, si je ne l'embrasse pas ce soir c'est râpé !

– J'ai bien saisi, Giuseppe, mais moi, qu'est-ce que je fais ?

– Reste ici toi aussi. De toute façon, à toi, elle ne dira rien, tu n'es pas leur fille.

– C'est ça. Et qu'est ce que je fais ? Je poireaute ? Non, je veux rentrer.

– Eh bien, rentre donc ! Vas-y ! Moi je reste ! *Miii*, ce que tu es casse-pied, comme cousine ! Moi, je retourne danser.

Il m'énerve grave ! Je le tuerais ! Je prends mon sac sur le fauteuil et je m'en vais. Si on doit se frotter chaque fois à cause de l'horaire ! Et puis, si ma tante a dit une heure, c'est une heure ! Je ne veux même pas penser à ce qu'elle dira quand elle se rendra compte que je suis rentrée seule.

Elle est bien capable de venir le chercher jusqu'ici ! Et puis demain, je lui dirai, à Giuseppe, que de toute façon, il n'arrivera même pas à l'embrasser, sa Francesca. Elle est trop antipathique. Elle prend des grands airs avec lui seulement parce que ce soir ses copains préférés ne sont pas là. Je la déteste, cette pimbêche. Elle n'est même pas belle, contrairement à ce qu'il s'imagine.

Un jour ou l'autre, il faudra que je dise à mon cousin qu'elle met des soutiens-gorge rembourrés, oui ceux avec des coussinets de gel « qui donnent une taille en plus », comme dit la pub. Grrr, je suis furax !

Je m'arrête soudain. Je suis au milieu de la pinède et il fait nuit noire.

Ici, ce n'est pas comme au bar du Lido Centrale qui a une allée éclairée le long de la pinède. Ici, le chemin n'est pas goudronné, je marche sur les aiguilles de pin. Comment se fait-il que je ne m'en sois pas aperçue plus tôt ? Il fait vraiment noir. Il y a la lune, certes, mais pas le moindre lampion. Je me retourne vers le Cormoran. C'est vraiment tout près. Je pourrais revenir sur mes pas et convaincre Giuseppe de rentrer avec moi. Ou je pourrais rester et expliquer après à ma tante que je ne pouvais pas rentrer toute seule. Oui, mais Giuseppe se moquerait de moi, il dirait que je suis une froussarde et même une dégonflée. Les autres se tordraient de rire. Non. Je rentre à la maison toute seule ! Je me remets en route. Cette partie de la pinède est beaucoup plus profonde que du coté du Lido Centrale. Mais, de quoi devrais-je avoir peur dans une pinède ? La route où passent les voitures et où on peut avoir affaire à quelqu'un de malintentionné est bien plus dangereuse. Le silence ici est étrange, on entend les cigales et, de temps à autre, des craquements, comme des brindilles qui se brisent ou des pommes de pin qui tombent. Mais, par rapport au goudron, mes chaussures font beaucoup moins de bruit dans le sable. Je devrais peut-être courir, pour arriver plus vite à la maison.

Je sens qu'on me touche l'épaule et je hurle comme une hystérique.

– C'est moi, idiote ! Je t'ai fait peur ?

C'est Nano !

– Non... si, c'est que… je ne t'ai pas entendu arriver.

Nano ne ferait pas peur à une mouche, vu qu'il est petit, gringalet, et d'ailleurs c'est pour ça qu'on l'appelle Nano. En réalité, il s'appelle Michelangelo. Si ça se trouve, ses parents sont contents de lui avoir donné un nom aussi long, maintenant qu'ils voient comme il est maigrichon. Sans doute ils s'attendaient à ce qu'il devienne un colosse, ou alors ils ont pensé que s'il devait rester petit, au moins il aurait un beau nom, un nom important…

– Giuseppe m'a dit que tu rentrais chez toi, alors j'ai pensé t'accompagner.

– Tu es vraiment sympa, pas comme mon cousin, ce mufle !

– T'y peux rien ! Ce soir, il est comme ça, il n'en a que pour Francesca.

– Bah... De toute manière, à mon avis ce soir, ils ne s'embrasseront pas.

– Et toi, tu es avec quelqu'un ?

– Oui, je suis avec Ricky, à Milan.

A force de le répéter, je finis par y croire.

– Ah... Et il est comment ?

– Ricky ? Il est beau. Il est plus grand que moi, il

a des cheveux blonds qui lui arrivent aux épaules et des yeux bleus. Et puis, il est toujours bronzé, parce qu'il joue au rugby et qu'il passe beaucoup de temps dehors, à l'entraînement.

– Ah... et ça fait longtemps que vous êtes ensemble ?

– Hum... deux mois, plus ou moins.

– Ah...

Bizarres, ces « ah ! ». Je me retourne et, pour le peu que j'arrive à distinguer dans l'obscurité, je vois qu'il a l'air terriblement déçu.

Nous sortons de la pinède et déjà je me sens plus tranquille. Bientôt il y a la route qui mène aux autres plages, bordée d'une végétation plus basse. Les premières maisons sont un peu plus loin, après le pont sur le canal.

– Les voilà ! La Barbie milanaise et son petit con de Ken.

Tarzan se dresse devant nous, comme s'il surgissait du néant. Il devait être caché derrière les pins.

Je ne dis rien, Nano non plus. J'accélère, mais Tarzan se met en travers de mon chemin. Je change de direction, mais il est chaque fois devant moi.

– Où tu vas, Barbie ?

– Chez moi. Où je devrais aller à cette heure ? Laisse-nous passer…

J'ai la voix qui tremble.

– Même pas en rêve.

– Tu as entendu ce que t'a dit mon oncle, hein ? Il t'a interdit de t'approcher de moi et de mes cousins.

– J'ai entendu, ouais. Et c'est pour ça que je t'ai suivie ce soir. Ça fait un moment que je te guette ! Avant tu étais trop près de la discothèque mais, maintenant, tu es loin de tout, du Cormoran et des maisons.

Je regarde autour de moi. C'est vrai. Je m'élance en avant, mais il me rattrape par un bras. Il plonge l'autre main dans sa poche et en sort un truc, qu'il brandit devant moi : un couteau !

Mes jambes deviennent toutes molles. Je crie :

– Nano, sauve-toi !

Et il part en courant. Je ne sais pas s'il est parti vers les maisons ou vers le Cormoran, mais j'espère qu'il va trouver de l'aide. Le temps se dilate, comme dans les cauchemars où chaque mouvement dure une éternité.

– Ha ! Ha ! Ha !

Quand il rit comme ça, j'ai vraiment la trouille.

– Qu'est-ce que tu crois ? Ce nain, il a couru se planquer sous ses draps. Demain il se réveillera tard, en se disant qu'il a juste fait un cauchemar.

Il me tire par un bras et m'entraîne dans la pinède. J'essaie de freiner avec les pieds pour le ralentir, mais je trébuche sur les racines. D'ailleurs, il est beaucoup plus fort que moi.

Il me tire, me tire, puis soudain il s'arrête.

– Ici. C'est bon.

Je regarde vers la route, mais il ne passe personne. Si j'entendais quelqu'un venir, je pourrais crier à l'aide...

– Gare à toi ! Si tu cries, je te plante ce couteau dans le ventre, me dit-il. Il s'approche et de la pointe de son couteau, il touche mon tee-shirt. Je sens le métal me piquer à travers le coton.

– Déshabille-toi.

– Quoi ?

Il hurle :

– J'ai dit : à poil ! Avant que je t'ôte tes vêtements avec ce couteau.

J'entends dans ma tête, la voix du *sensei*, mon maître de karaté, qui me dit : *Tomoe naghe, Tomoe naghe*, vas-y lionne, vas-y, fais honneur à ta force. Il m'appelle toujours lionne quand je combats.

– Laisse-moi. *Tomoe naghe.*

– Hein ?

– Lâche-moi, comment je fais pour me déshabiller si tu me serres le bras ?

Tarzan lâche mon bras. *Tomoe naghe.*

Puis, en un éclair, je saisis ses bras, juste au-dessus des coudes, et je me jette en arrière, vers le sol. En même temps, je place un pied sur son ventre et j'expédie Tarzan derrière moi. C'est ça, la prise *Tomoe naghe.*

J'entends sa respiration qui se coince dans sa gorge quand il tombe à terre. C'est l'effet de cette prise, quand on ne s'y attend pas. La première fois qu'on me l'a faite, à moi, je suis restée par terre trois minutes, le souffle complètement coupé, à me demander ce qui m'était arrivé.

Aussitôt, je me relève et je cherche le couteau à tâtons. J'ai l'impression qu'il est tombé pendant que lui était en l'air. Je cherche avec mes mains dans les aiguilles de pins et le sable. Puis je sens que Tarzan commence à se ressaisir, alors j'oublie le couteau et je me mets à courir. Il faut que j'arrive jusqu'à la route et qu'après je décide si je dois aller vers les maisons ou vers le Cormoran. Peut-être que la plage est plus près. Mais après quelques pas, je suis bousculée par un garçon, un grand, qui me dépasse et se jette sur Tarzan.

Il crie : « Ordure ! », se met à cheval sur lui et se met à le bourrer de coups de poing. Méthodiquement.

Tarzan ne fait pas un geste pour se défendre. Il pleurniche et il supplie :

– Arrêtez ! Arrêtez !

Entre-temps un autre grand est arrivé.

– Tout va bien ? me demande-t-il.

– Oui... ça va. Attention, il avait un couteau ! Il a dû tomber par là, il faut le chercher !

– Non, il fait trop noir. Et je ne crois pas que cette crapule puisse s'en servir.

Il me laisse et s'approche des deux autres.

– Ça suffit, maintenant ! ordonne-t-il.

Mais l'autre ne l'écoute pas et continue à frapper.

Alors il le prend par les épaules, le tire en arrière, de toutes ses forces, et l'écarte.

– Arrête, Alfonso ! Tu vas le tuer !

Alfonso ?!? Mon cousin Alfonso ?

Alfonso tombe à terre, il se passe le dos de la main sur les yeux et reprend son souffle. Il reste là un moment.

– Tout va bien ? Tu n'es pas blessée ? me demande-t-il.

– Ça va, il ne m'a rien fait.

Je voudrais ajouter : « Mais je suis morte de peur ! »

Peut-être qu'il a compris, parce qu'il se lève lentement, s'approche et me serre dans ses bras.

Il me serre fort et je me mets à pleurer.

– Chh, chhh, Lucrezia, calme-toi, c'est fini. D'une main, il me tapote doucement le dos. Chh, Chhh, calme-toi, continue-t-il à me répéter.

Puis nous entendons crier :

– Lucrezia, Lucrezia, où tu es ?

– Nous sommes là, répond l'autre garçon.

Ils accourent tous : Giuseppe, les garçons de sa bande et même le patron du Cormoran. En dernier arrive Nano, à bout de souffle.

– Lucrè, comment tu te sens ? demande Giuseppe.

Je sèche mes larmes avec mes mains.

– Bien, merci. Merci Nano, c'est toi qui les as alertés, hein ?

Il a beau être petit et tout maigre, il a fait ce qu'il fallait faire : il est allé à l'endroit le plus proche demander de l'aide.

Alfonso attrape Tarzan par les épaules, le force à se relever, le secoue, puis il lui dit d'une voix qui fait peur, même à moi :

– Prends garde à toi ! Si jamais je te vois traîner le soir dehors… T'as intérêt à rester chez toi, enfermé, comme un rat dans son trou. Si je te vois quelque part, je finis ce que j'ai commencé ce soir. Compris ?

– Mouais, mouais, bredouille Tarzan.

Puis Alfonso se tourne vers les autres :

– Et vous, si je prends l'un de vous à fréquenter cette ordure, je l'assaisonne tout pareil. C'est clair ?

Tous approuvent de la tête ou disent oui, à mi-voix.

– Maintenant tire-toi, et ne te montre plus, dit-il à Tarzan. Et il le pousse en avant. L'autre titube mais il parvient à rester debout et il s'en va.

– Venez au bar, comme ça je vous apporte de l'eau, vous récupérez un peu et on appelle vos parents, dit le patron du Cormoran.

– Non, merci, on rentre à la maison, dit Alfonso. Il pose une main sur mon épaule et me dirige vers la route. Son ami se tient de l'autre coté. J'ai l'impression d'avoir deux gardes du corps ou deux anges gardiens. Puis Alfonso revient en arrière et donne une tape sur la nuque de son frère.

– On règle nos comptes demain, toi et moi : qu'est-ce que Lucrezia faisait toute seule dehors à cette heure ?

– Elle n'était pas seule, elle était avec moi, rectifie Nano, tout fier.

– Oui, justement, dit Alfonso. Et il donne une seconde tape sur la nuque de son frère.

CHAPITRE VINGT-CINQ

The day after. Il y a, ces temps-ci, tout un tas de « jours d'après ».

Hier soir, Michele, l'ami d'Alfonso, nous a raccompagnés à la maison. Le long du chemin nous n'avons pas échangé un seul mot, nous étions trop bouleversés pour parler. Nous sommes allés tout de suite nous coucher. Tout ce qu'on a décidé, c'est que pour le moment on ne dit rien à tante Mariella et oncle Tonino.

Je ne sais pas si les autres ont bien dormi. Moi, je me suis endormie tout de suite, « comme une bûche » dirait ma tante. Mais après, je n'ai pas arrêté de faire des cauchemars et, dans tous, je tombais dans un précipice : depuis un ascenseur dont le sol se dérobait, d'un avion, du bord d'un ravin. Ce matin, nous nous sommes retrouvés tous les trois au petit-déjeuner, très tôt. Et tous les trois avec des têtes de déterrés.

– Vous ressemblez à l'alien de *ET* en 3D, mais sans les lunettes, nous déclare oncle Tonino. Mariella se met à nous assaillir de questions sur la soirée d'hier, auxquelles nous répondons en chœur « Bien », « Aucun problème », « Normal ». Puis on sort tous les trois ensemble.

Ma tante nous suit jusqu'à la grille, avec Pippo à califourchon sur sa hanche.

Avec son air de détective, elle grommelle :

– Vous trois, vous me racontez des bobards.

– Maconté des bobo ! répète Pippo l'index levé.

En route Alfonso déclare :

– Ce qu'il nous faut, c'est un *bombolone* au Nutella.

Et nous voilà tous les quatre assis sur la terrasse de la pâtisserie à manger notre beignet fourré au Nutella.

Je demande à Alfonso :

– Comment est-ce que tu as fait pour me voir cette nuit ?

– En fait je ne t'ai pas vue ! Michele et moi, on allait au Cormoran quand j'ai entendu quelqu'un crier : « Déshabille-toi ! ». Alors nous nous sommes précipités dans la pinède. Je ne t'ai reconnue que quand je me suis jeté sur ce… pour lui faire sa fête.

– Comme ça, tu étais encore plus motivé pour le taper, commente Giuseppe.

– Je ne sais pas. C'était bizarre. Plus je le bourrais de coups, plus je me sentais léger. Si Michele n'avait pas été là pour me le faire lâcher, j'aurais pu vraiment l'amocher.

Je demande :

– Tu ne t'étais jamais battu ?

– Non, jamais, mais ça m'est venu naturellement. Peut-être que je devrais me mettre à la boxe.

– Et tes mains, elles ne te font pas mal, maintenant ? demande son frère.

Alfonso regarde ses mains, il touche les articulations des phalanges.

– Oui, un petit peu.

– Mais tu n'avais pas reconnu Tarzan ? demande encore Giuseppe.

– Non, pas de tout de suite. Peu m'importait qui c'était. Ce que je voulais, c'était arrêter ce type qui était en train de faire une saloperie. Mais toi, plutôt, comment tu as fait pour le mettre à terre ? Pendant que j'accourais, il m'a semblé le voir qui volait en l'air puis qui s'écrasait sur le sol.

Toute fière, j'annonce :

– *Tomoe naghe.*

– Quoi ?

– *Tomoe naghe.* C'est un mouvement de karaté. Mais il ne s'utilise pas dans les combats. En général nous l'exécutons seulement lors des démonstrations. Tu prends ton adversaire par les bras, tu te laisses tomber en arrière, en même temps avec un pied tu prends appui sur son ventre et tu l'expédies derrière toi.

Je me lève et je mime le *Tomoe naghe.*

Ils me regardent tous les deux bouche bée. Giuseppe a les lèvres barbouillées de Nutella. J'éclate de rire.

– Tu fais du karaté ? demande Alfonso.

Whaou ! Mon cousin vient de me propulser très haut dans son estime.

– Oui, je suis ceinture marron. Cette année mon équipe est arrivée deuxième aux championnats régionaux. Mais l'année prochaine on veut se présenter aux finales nationales.

– Et après la ceinture marron, qu'est-ce qu'il y a ? demande Giuseppe.

– La ceinture noire.

– Donc tu es presque au top, dit Alfonso.

– Exact. Mais, en fait j'ai eu de la chance, parce que Tarzan ne s'attendait pas à une prise de ce genre. Elle est beaucoup plus difficile à réussir avec quelqu'un qui la connaît.

– Mais comment tu as fait pour lui saisir les bras, s'il avait sorti un couteau ? demande encore Alfonso.

– Je ne sais pas. Sur le moment, j'ai agi sans réfléchir. J'ai fait comme si j'étais sur le tatami de démonstration. Je n'avais aucune autre idée pour m'en tirer !

– Et maintenant, qu'est-ce qu'on fait ? Et si Tarzan porte plainte contre toi ? demande Giuseppe à son frère.

– Contre moi ? Et pourquoi ? C'est à nous de porter plainte contre lui.

– Oui, pour agression ou quelque chose de ce genre, je ne sais pas. Il sera couvert de bleus en se réveillant, et peut-être que tu lui as cassé le nez, ou les dents.

– Je ne faisais que défendre ma cousine.

– Mais puisqu'elle s'était déjà défendue toute seule ! Tu l'as frappé alors qu'il était déjà à terre !

– Ma cousine ? Mais regarde-la : c'est une vraie Barbie, si petite, si douce, si vulnérable. Qui pourrait croire qu'elle l'a mis KO !

Je prends un air de Barbie en battant des cils. On éclate tous de rire.

Puis Alfonso nous fait tous revenir sur la planète Terre :

– Au fait, qu'est-ce qu'on fait avec maman et papa ? On leur dit ?

Nous restons muets un bon moment. Je sais à quoi ils pensent tous : que s'ils découvrent que Giuseppe m'a laissée rentrer toute seule, il va se faire incendier. Alors je comprends que je vais devoir dire quelque chose pour leur éviter des problèmes.

– Ecoutez, à mon avis, il faut leur dire. Au fond, ça aurait pu arriver, même si Giuseppe m'avait raccompagnée.

– Eh non ! Je l'aurais salement amoché ! se défend Giuseppe.

– Sûûûr ! dit Alfonso et il lui allonge une tape sur la nuque.

– Je sais, Giuseppe, avec toi, il n'aurait pas osé. Mais s'il avait décidé de me faire du mal, la nuit dernière, ce soir ou demain, tôt ou tard il me serait tombé dessus quand j'aurais été seule. Mais autant le leur dire. Qu'est-ce qu'ils peuvent te faire ? Te pourrir un bon coup. Et puis après ? Rien de plus !

– Ok. On fait comme ça, dit Alfonso. Mais c'est moi qui leur dis. A maman d'abord, à papa après. Vu que quand c'est toi qui racontes, tu t'énerves grave !

Giuseppe soupire, mais au fond il est d'accord.

– Au fait, Lucrè, si tes parents t'appellent ce matin, tu ne dis rien, d'accord ? Attends qu'on ait parlé à nos parents. Sinon ton père appelle le mien qui n'est au courant de rien, et ça fait exploser un truc énorme, ajoute Alfonso.

Il a raison. D'ailleurs, dans ce genre de situations je suis la reine des gaffeuses : il suffit que je sache que je ne dois pas dire ceci ou cela pour que, tout à coup, ça sorte sans que je m'en rende compte.

– Tu me payes un autre *bombolone* ? demande, plein d'espoir, Giuseppe à son frère.

– Va te faire voir ! répond Alfonso.

Nous nous levons tous ensemble et partons vers la plage.

Quand nous arrivons au Lido Centrale, Alfonso nous salue de la main et part vers le Lido Rosa, où il a rendez-vous avec ses amis.

Je le rappelle :

– Alfonso !

– Qu'est-ce qu'il y a ?

– Tu m'en veux toujours ?

Il mordille sa lèvre inférieure, fixe les yeux sur un point indéfini de mon ventre, puis les relève et dit :

– Non, peut-être que je ne t'en veux plus. Plus comme avant, en tout cas. Je crois que la boxe me fait du bien. Quand je rentre à Foggia, je m'inscris à la salle de sport...

CHAPITRE VINGT-SIX

Giuseppe et moi, nous nous arrêtons au bar du Lido Centrale, pour attendre les autres. Nous sommes les premiers, ce matin. Au bout d'un moment, on voit passer ma tante avec Pippo et Andrea. Nous les saluons d'un signe de la main, mais nous restons près du flipper.

– Mieux vaut ne pas trop l'approcher, maman est capable de faire avouer même un criminel endurci. Elle aurait dû faire gendarme, celle-là ! dit Giuseppe.

Je lui demande :

– Au fait, Francesca... tu l'as embrassée hier soir ?

J'avais complètement oublié ça.

– Hé non ! Nano est venu nous chercher et il nous a interrompus juste au moment où... A ça près, c'était gagné...

– La prochaine fois je me laisse agresser sans

crier comme ça tu pourras embrasser tranquillement Francesca.

– *Miii*, qu'est-ce que ça a à voir ?

Je devrais lui dire qu'elle a un soutien-gorge à coussinets de gel, mais je n'en ai plus envie. Voilà que les autres arrivent et tous ont des têtes à faire peur. J'ai l'impression que cette nuit personne n'a dormi. Nano paraît même encore plus rabougri que d'habitude.

A nouveau je dois raconter toute l'histoire, comment Tarzan nous a bloqués sur le chemin, comment il m'a entraînée de force dans la pinède. Je dois aussi mimer le *Tomoe naghe*.

Ils racontent comment Nano est arrivé paniqué au Cormoran, qu'il a dû hurler pour se faire entendre et qu'ils sont tous partis en courant pour venir me sauver.

Je demande des informations sur Tarzan, mais personne ne semble le connaître vraiment. Ils savent seulement qu'il a seize ans et qu'il est de Torremaggiore, un village pas loin d'ici. Mais ils ignorent dans quelle classe il est, et s'il y va encore.

Il paraît qu'au collège il a dû redoubler plusieurs fois. Je demande :

– Combien de fois on peut redoubler, au collège ?

– Plein de fois, surtout si tu as eu plusieurs exclusions pendant l'année.

– Exclu ?!? Qu'est-ce qu'il avait pu faire, pour être renvoyé ? Je ne connais personne dans mon école qui ait été exclu. Euh, si, un troisième B qui s'était moqué d'un garçon en fauteuil roulant. Ils l'ont exclu pour trois jours, mais il a dû venir à l'école pour ranger la bibliothèque.

– Bah, une fois il s'est vanté d'avoir pénétré la nuit dans l'école et d'avoir écrit sur le mur quelque chose contre le prof, dit Nano.

– Et une autre il a été surpris dans les toilettes en train de fumer un joint, dit un garçon qui s'appelle Stefano.

Je leur demande :

– Mais comment se fait-il qu'il était votre ami ? Moi, je ne voudrais pas d'un ami comme ça !

Tous protestent d'une même voix : « Bof, ce n'était pas vraiment un ami », « Il sort de temps en temps avec nous, c'est tout », « Il se glissait dans le groupe », « Et puis à la mer, on sort tous ensemble, on n'est pas là à regarder si celui-là est vraiment un ami ».

Je remarque :

– En tout cas, ce matin, on ne l'a pas vu, hein ?

– Non. Disparu. C'est mieux comme ça.

– Hyperplongeon ? Qui se jette le dernier est hypernul ! crie Giuseppe et il pique un cent mètres sur les planches.

Je l'adore, mon cousin, quand il arrive à changer l'humeur de toute la bande : on est tous tristes ou on fait la tête et, la minute d'après, voilà qu'on est tous en train de faire un super jeu. Les autres le suivent avec plus ou moins d'entrain. J'attrape ma serviette et je cours les rejoindre, quand j'entends un timide :

– Lucrezia ! Attends ! Une main sur mon bras me retient.

C'est Martina.

– Qu'est-ce qu'il y a ?

C'est la première fois qu'elle s'adresse à moi directement : elle fait partie du groupe de filles *je-te-vois-pas-je-te-parle-pas.*

– Je voulais te dire... Euh… Je suis contente que cette nuit tu n'aies pas… disons… que tu aies eu de la chance, voilà.

– De la chance ? Si tu le dis…

– Moi non.

Et elle reste là, à regarder ses pieds.

– Comment ça, en quel sens ?

– En ce sens que moi je ne fais pas de karaté et que personne n'est venu me sauver.

– Tu veux dire que tu… ou plutôt qu'on t'a… et qui ? Tarzan ? Il t'a...

Je n'arrive jamais à prononcer ce mot horrible. Non, jamais je ne pourrai, même pour rire.

Elle acquiesce :

– Mmm.

Je me gratte le cou. Je n'ai pas de démangeaisons, mais c'est tout comme. J'ai un tas de questions à lui poser, mais je ne sais pas si elle a vraiment envie de parler. Mais si je ne lui en pose aucune et que du coup elle se sent encore plus mal ? Je ne sais pas ce que je dois faire. J'essaye.

– Ça t'est arrivé quand ?

– L'année dernière, le 13 juillet.

L'année dernière, elle avait quatorze ans.

– Et comment ça s'est passé ? La nuit aussi, dans la pinède ?

– Non.

Deux grosses larmes descendent sur ses joues et elle les essuie rapidement du dos de la main.

– Viens. Je t'emmène derrière les douches. Là-bas, il n'y a personne.

Nous nous asseyons sur le muret.

– Tu veux bien me raconter ?

Elle acquiesce et essuie à nouveau ses larmes. Elle a ce geste très naturel de mettre ses deux mains, avec ses ongles tout rongés, devant son visage puis de se passer les doigts sous les yeux, du nez vers les oreilles. Combien de fois elle a dû le faire depuis le 13 juillet de l'année dernière ! Elle prend sa respiration et elle se lance :

– L'été dernier, j'étais tombée amoureuse dingue de Tarzan. Je sais ! Ne dis rien ! Je le trouvais trop fort et craquant : il avait quelque chose de Johnny Depp dans *Pirates des Caraïbes*. Quand il s'en est aperçu, il s'est mis à tourner autour de toutes les autres, il le faisait exprès, pour me rendre jalouse. Il a réussi : je me suis fâchée avec toutes les filles de ma bande. Je ne pensais qu'à lui. Toute la journée. Je dormais et je rêvais de lui, je mangeais et je pensais à lui, je me baignais et je pensais à lui, je parlais avec ma famille, et en même temps j'arrêtais pas de penser à lui. Et puis, un soir, alors que je n'y croyais plus, il m'a invitée à me promener avec lui sur la plage. Nous nous sommes étendus sur une des couchettes, celles tout au bout du Lido du Levant. Le bar était fermé, il n'y avait personne alentour.

Elle s'arrête et me regarde, comme si elle attendait de moi quelque chose. Alors je lui dis :

– Vas-y ! Et après, qu'est-ce qu'il s'est passé ?

– Il m'a embrassée. J'étais tellement heureuse ! Tu sais, comme dans les films : le bruit des vagues, la lune et les étoiles. Mais il a sorti un couteau de sa poche et l'a pointé sur mon cou. Il m'a ordonné de me déshabiller.

Elle s'arrête et essuie ses larmes.

Elle avale sa salive.

Moi aussi, j'avale la mienne. Je sens encore son couteau qui me pique à travers le tee-shirt.

– J'ai regardé tout autour, mais il n'y avait personne. Il m'a dit que si je criais, il me trouerait le ventre.

Alors j'ai levé mon tee-shirt, et j'allais l'enlever mais il m'a dit que ce n'était pas nécessaire, ce qu'il voulait, c'était que je retire ma culotte.

Elle se remet à pleurer, à gros sanglots, cette fois. Je passe un bras autour de ses épaules.

– Tu comprends ? Pour lui je n'étais que ce qu'il y a sous ma culotte. Il ne voulait même pas me voir nue, ça ne l'intéressait pas. Rien de moi ne l'intéressait. Cela lui suffisait. Puis il a baissé son bermuda et...

Je ne veux pas l'entendre. Non, je ne veux pas.

– ... il a fait ce qu'il a voulu. Je pleurais, je disais non, mais il continuait. Il m'a fait mal, mais ce n'a pas été un mal physique. Non, ça, ça n'a duré qu'un instant. C'est le mal que ça m'a mis dedans, et qui ne passe pas.

Soudain je sens un grand vide dans mon ventre, j'ai la tête qui tourne et j'ai envie de vomir. Martina a dû se sentir comme ça, après.

Je lui caresse la tête.

– Chhh, tranquille, maintenant. C'est fini.

– Non, ce n'est pas fini ! Ce n'est jamais fini ! Le mal, lui, il est toujours là !

Et elle presse les mains sur son ventre.

– Après ? Qu'est-ce qu'il t'a fait après ?

– Il a refermé son couteau, il a remonté son bermuda et il s'est levé. Je me suis couvert les jambes avec ma jupe. Je pleurais, recroquevillée sur la couchette. Alors il m'a dit : « Hé ! Tu devrais me remercier, c'est bien pour ça que tu me tournais autour depuis un bout de temps, non ? Et va pas t'imaginer qu'on est ensemble. Tu ne me plais même pas. Bon, je vais rejoindre les autres et me payer une glace. Toi, tu rentres chez toi. J'ai pas envie de t'avoir dans les pattes ». Et il est parti.

– Et toi ? Tu es allée à la police ?

Elle secoue la tête :

– Je ne l'ai dit à personne. On ne m'aurait pas crue. J'étais allée de moi-même sur la plage, il ne m'avait pas forcée. Le couteau, il l'a sorti après.

Ce n'est pas possible, ce qu'elle dit est si bête que je ne peux pas y croire.

– Oui, mais tu ne voulais pas qu'il te… qu'il te fasse ce qu'il t'a fait…

– Et donc je n'aurais pas dû aller avec lui sur la plage ! Voilà ce qu'aurait dit mon père. Il répète tout le temps que si ces choses arrivent, c'est la faute des femmes, qu'elles provoquent en se promenant en minijupe !

– Tu ne pouvais pas le dire à ta mère ?

Elle secoue encore la tête.

– Pareil : elle l'aurait dit à papa, il m'aurait tapée et il ne m'aurait plus laissée sortir.

Je n'arrive pas à comprendre : on l'a violée… on lui a fait du mal… et on lui dit que c'est de sa faute.

– Mais tu n'as pas une tante, ou même une grand-mère, une amie ? Une prof ou quelqu'un de ton collège à qui tu pourrais le dire ?

Elle sanglote et secoue la tête.

– J'avais trop honte. Je ne pouvais le dire à personne.

La vérité m'arrive dessus comme un coup de poing.

– Tu ne l'as jamais dit à personne ? Pendant un an tu as tout gardé pour toi ?

Elle fait oui de la tête et me regarde.

Je ne peux pas le croire : elle a gardé cette bombe dans son ventre pendant tout ce temps, sans trouver le courage de le dire à quelqu'un !

Mais ses yeux pleins de désespoir me disent que c'est pourtant vrai.

– Eh bien, maintenant, tu me l'as dit à moi.

Je la serre très fort contre moi.

– Maman, quand j'étais petite et qu'elle me voyait triste à cause de quelque chose, me disait : « Crache le vilain crapaud, Lulu ! » Tu imagines un énorme crapaud vert tout visqueux avec des taches roses et des joues qui se gonflent comme des ballons. Et puis tu le craches et tu te rends compte que c'est une toute petite grenouille, toute pâle et toute frêle, qui, effrayée, saute et s'enfuit le plus loin qu'elle peut.

Elle secoue la tête.

Je me lève et je me mets à sauter sur mes talons devant elle.

– Regarde, Martina, je suis ton affreuse grenouille dégoûtante ! Coâh ! Coâh !

Je sautille jusqu'à ce qu'elle se mette à rire et me pousse sur le sable.

– Tu as vu ? Maintenant, tu ris !

En réalité, elle rit et pleure en même temps.

– Tu veux être mon amie, Lucrezia ?

– Oui, bien sûr.

– Et tu ne le raconteras à personne, promis ?

– Je crois que tu devrais en parler à quelqu'un. On pourrait peut-être en parler, toi et moi, avec ma tante, ou…

Elle se remet à pleurer et secoue la tête tant qu'elle peut :

– Non, non. A personne. Surtout pas ! Personne ne doit le savoir ! Jure-le-moi !

Je ne peux pas résister à ses larmes :

– C'est bon. Je te le jure. Mais en échange toi aussi tu dois me promettre une chose.

– Laquelle ?

– Que si par hasard Tarzan se pointe, nous deux, on lui fait sa fête !

– Qu'est-ce que tu veux lui faire ? demande-t-elle, et je vois qu'elle est effrayée.

– Je ne sais pas... quelque chose pour lui faire comprendre qu'on est plus fortes que lui et que c'est lui qui a fait une saloperie.

– C'est bon. Mais c'est toi qui prends les devants, vu que tu fais du karaté.

– Ok ? Je pourrais aussi t'apprendre quelques prises. Qu'est-ce que tu en dis ?

Elle me sourit. Elle est belle, Martina, quand elle sourit. Je ne lui ai même pas demandé comment elle a fait, quand elle est revenue cette année et qu'elle a vu que Tarzan était encore là. Comment elle a pu supporter. Ce n'est que maintenant que je la revois qui se ronge les ongles quand il est dans les parages.

Bon, je lui demanderai. Mais pas maintenant. Ça suffit pour aujourd'hui. Je propose :

– On rejoint les autres ? Ils sont dans l'eau ! Je la prends par la main et en hurlant on court sur les planches jusqu'à la mer.

Tout le monde s'écarte. Ils pensent peut-être qu'on est folles.

CHAPITRE VINGT-SEPT

– Et puis je lui ai dit de ne plus rôder le soir dans les parages, sinon je le tabasserai encore. Et j'ai dit aux autres de ne plus le fréquenter. Voilà, c'est tout.

Hier soir, Alfonso a tout raconté. Après le déjeuner nous avons attendu que tante Mariella ait mis Pippo au lit, puis Alfonso a annoncé à elle et à l'oncle Tonino qu'on avait quelque chose à leur dire.

Comme convenu, il parle pour nous tous.

Andrea nous regarde, la bouche grande ouverte.

Ma tante, les deux mains sur le visage, répète à mi-voix.

– Ô Sainte Vierge !

Mon oncle a son air impénétrable, impossible de deviner ce qu'il pense.

– Lucrezia, on est sûrs qu'il ne t'a rien fait ? Vous ne nous cachez pas quelque chose ?

– Non, il ne m'a rien fait, sûr. Je vous le jure. Alfonso est arrivé tout de suite.

On dirait que mon oncle est en colère, mais je crois que c'est l'inquiétude. Les adultes ont cet air bizarre quand ils ont peur pour leurs enfants, je l'ai remarqué si souvent au square quand ils retrouvent un môme qui s'était perdu ou qui avait traversé la rue là où il ne fallait pas. Au lieu de lui dire qu'ils étaient tellement inquiets, ils lui donnent une claque.

Tonino demande à son fils :

– Alfonso, dis-moi exactement. Tu l'as frappé fort, vraiment fort ?

– Plutôt, oui. Je ne sais pas, mais quand je l'ai vu, papa, il m'est venu une telle rage que je n'ai pas pu me retenir. Si Michele ne m'avait pas tiré en arrière, j'aurais pu salement l'arranger.

Mon oncle lui ordonne :

– Fais-moi voir tes mains.

Alfonso tend les mains : les articulations de sa main droite sont rouges et gonflées.

– Lucrezia, tu te souviens de tout ce qu'a décrit Alfonso ?

– Oui, mon oncle, j'étais là tout près, et j'ai tout vu. Son ami Michele qui était à côté de moi, aussi. Quand les autres sont arrivés, par contre, tout était déjà fini.

– C'est bon, je vois clairement la situation. Maintenant j'appelle Mario, mon ami gendarme, et je lui demande conseil. C'est quoi, son nom, à ce Tarzan ?

– Simone Di Leo, répond Giuseppe.

Mon oncle prend son portable et franchit la grille. Ici, dans le jardin, il n'y a pas beaucoup d'espace.

– Viens ici, *azzia*, me dit ma tante Mariella.

Je m'assieds sur ses genoux et elle m'enlace dans une de ses douces étreintes qui sentent si bon. Elle me caresse les cheveux et continue à murmurer, à mi-voix mais je l'entends bien :

– *Bella di zia, bella di zia*, et c'est comme une berceuse, une incantation pour éloigner la peur et toutes les mauvaises choses, la nuit dernière, la pinède, le couteau, la violence et Martina. C'est un dialogue silencieux entre elle et moi, entre nous seules.

– Mman', dis quelque chose ! dit Giuseppe qui

s'impatiente. Il attend encore que ses parents le réprimandent pour m'avoir laissée rentrer seule.

Le charme est rompu, ma tante me garde auprès d'elle :

– Ô Sainte Vierge ! Qu'est-ce que tu veux que je te dise ? Tu as pensé à ce qui aurait pu arriver ? Je ne peux pas, non, je ne peux pas imaginer que ce… que Lucrè aurait pu... Et toi tu, Giusè...

– Je sais mman', j'ai pas été bien sur ce coup-là.

– Non, tu n'as pas été bien, mais peu importe. Là n'est pas la question. Ce qui est important, c'est que tu comprennes le comment et le pourquoi. On ne raccompagne pas les jeunes filles chez elles par esprit chevaleresque, mais par sécurité. Donc, à partir de ce soir vous devez vous organiser et rentrer à la maison tous ensemble. Tu m'as bien compris, Giusè ?

– Oui, mais les autres rentrent à la maison plus tard que moi ! Je suis le seul qui rentre à une heure, le minus, quoi !

Il y a encore une minute, il tremblait à l'idée d'être puni, et maintenant le voilà qui essaye d'obtenir de rentrer plus tard !

Ma tante lui lance un de ses terribles regards noirs :

– Bien ! cet après-midi j'en parle avec les autres mamans, et tu vas voir si vous ne rentrerez pas tous à une heure pétante !

– *Miii*, pas ça, mman' !

– Si ce n'est pas plus tôt, vu les dangers qu'on court ici la nuit.

Le ton de ma tante avertit que la discussion est close.

– Et toi, tu as eu très peur, *azzia* ?

– Oui, quand il m'a entraînée dans la pinède, oui. Mais après, non. C'était comme si quelqu'un m'avait hypnotisée, j'avais l'impression d'être dans un film. Puis Alfonso et son ami sont arrivés et, en un instant, tout était fini.

– Mman', tu aurais vu Lucrezia ! Elle a attrapé Tarzan et l'a fait voler en l'air comme dans un dessin animé ! Allez Lucrè, montre-nous encore ta tomi tomi... comment tu l'appelles ? demande Alfonso.

– *Tomoe naghe*. Mais je ne peux pas. Il faut le faire sur du mou, sinon on se fait mal. Je me suis fait des bleus sur tout le dos, cette nuit !

– Giusè, suis-moi, j'ai une idée ! dit Alfonso et ils courent tous les deux vers la maison. Andrea les suit.

– Non, ne faites pas ça ! Je vous préviens ! Si vous... proteste ma tante qui a deviné. Puis, résignée, elle soupire et me dit :

– Viens, montre-moi ton dos !

Je lève mon tee-shirt et elle me passe la main sur la colonne vertébrale. Quand elle arrive au milieu, la douleur me fait sursauter.

– Tu t'es bien arrangée, Lucrè. Tu es toute rouge, tu vas avoir un joli bleu ! Tout à l'heure, je te mets de la glace.

– Tante Mariella, il faut que je te dise quelque chose, mais je ne veux pas que les garçons l'entendent.

Elle acquiesce.

– A ton avis, ce qui s'est passé cette nuit, c'est aussi de ma faute ?

– Quelle idée ! Surtout ne dis pas ça ! Et pourquoi tu me poses cette question ?

– Non, comme ça...

Je voudrais lui parler de Martina, mais j'ai juré.

– Lucrè, c'est entièrement la faute de ce Tarzan, qui est vraiment une âme noire ! Je ne peux pas imaginer ce qui aurait pu t'arriver.

Elle me serre fort dans ses bras et couvre mes cheveux de baisers.

– Ma tante, qu'est-ce que c'est qu'une âme noire ?

– C'est un jeune qui à chaque croisement choisit toujours la mauvaise route. Mille croisements, mille mauvais choix. Les jeunes comme lui…

– Non ! Pas les matelas ! Pas les matelas !

Je me retourne et je vois Alfonso et Giuseppe qui apportent leur matelas en rigolant tant qu'ils peuvent. Ils les déposent l'un à coté de l'autre sur l'allée qui mène au portail.

Je regarde les matelas et je dis :

– Maman serait déjà morte d'infarctus.

– Comme je la comprends ! Vas-y, *azzia*, montre-moi ce mouvement et qu'on en finisse !

Je propose :

– Qui est volontaire ?

Andrea vient vers moi. Je me mets le dos vers les matelas, j'écarte les jambes, je les plie légèrement pour bien distribuer le poids du corps puis je saisis mon cousin par les bras, je lance un pied vers son ventre, je me jette en arrière et hop ! Nous sommes tous les deux par terre. Je me relève tout de suite, mais lui, il reste encore là un bon moment.

– Whaou ! dit-il, en se tournant sur le côté.

– Lucrè, mais comment tu as fait ? Tu as l'air si douce et si légère, dit ma tante.

Giuseppe et Alfonso rient comme des fous.

– Maintenant, Super Barbie, à mon tour ! s'écrie Alfonso. Nous sommes face à face. En trois secondes il s'écroule sur le matelas, lui aussi. Il se relève un peu étourdi.

– Hé ! Je te crois que cette nuit, l'autre n'a plus bougé !

– Avec moi, tu n'y arriveras pas. Je suis trop gros ! déclare Giuseppe.

Je le défie :

– Gare à tes miches, gros cul !

– Lucrè, c'est ça que t'ont appris ces chenapans ? Modère ton langage, me lance ma tante, qui rit tellement qu'elle n'en peut plus.

Giuseppe se place face à moi.

Je crie à pleins poumons :

– *Koshi guruma !* et le saisis par les épaules, je roule jusqu'à me trouver pratiquement de dos devant lui, et je le prends sur mon dos. D'un coup de hanche je le fais passer par-dessus mon épaule et en un instant il est à terre devant moi, dans un grand bruit sourd.

Bon, d'accord, mais c'est crevant !

– Lucrezia tu es géniale ! hurle-t-il, encore étendu sur le matelas. Je veux moi aussi apprendre ce Cochi grum grum !

– *Koshi guruma*, tu veux dire !

– C'est quoi tout ce raffut ? Les gens dorment, à c'te heure ! dit mon oncle en franchissant le portail.

Giuseppe et Alfonso attrapent les matelas et se dépêchent de les ramener dans leur chambre. Andrea les suit comme une ombre. Aujourd'hui ce n'est pas un jour à plaisanter avec Tonino.

– Alors, qu'est-ce qu'il t'a dit ? demande ma tante.

Il attend que les garçons reviennent puis il rapporte la conversation :

– Mario dit que les faits sont clairs : agression, menaces et tentative de viol sur mineure. Heureusement Alfonso et Michele sont arrivés à temps, mais ça ne change rien quant à la responsabilité de ce petit con. Mario nous attend au commissariat pour le dépôt de plainte. Il s'est aussi renseigné auprès de ses collègues de Torremaggiore. Surtout, vous gardez ça pour vous. Ces informations sont confidentielles. La situation familiale de ce garçon est assez inquiétante : son père les a abandonnés quand sa petite sœur et lui étaient encore bébés. Sa mère a fait ce qu'elle a pu, puis elle s'est mise avec un type violent, une brute. Les institutrices de la petite ont averti les services sociaux qu'elles soupçonnaient des violences familiales. Pour l'heure, des enquêtes sont en cours. Simone, ou Tarzan, comme vous dites, a été renvoyé de divers collèges et les carabiniers l'ont pris en flagrant délit pour de petits vols.

– Et ce n'est pas tout...

Les mots m'ont échappé sans que je m'en rende compte.

– Il s'est passé autre chose qu'on ne nous aurait pas dit ? demande mon oncle.

Tout le monde a les yeux rivés sur moi. Je ne sais pas si je dois… mais...

Peut-être que si je ne dis pas son nom je ne la trahis pas… j'ai juré…

– L'année dernière, Tarzan a viol… a violé une fille que je connais. Elle n'a rien dit. Elle n'en a parlé à personne. Elle est persuadée que ses parents lui auraient dit que tout était de sa faute.

– Ô Sainte Vierge, s'exclame ma tante.

– Le salaud ! s'exclame Alfonso.

– Si Tarzan, hier soir, a pu tenter le coup une fois de plus avec moi, c'est parce qu'elle ne l'a pas dénoncé. Si elle l'avait fait, il ne serait rien arrivé. Maintenant, c'est la même chose pour moi. Il faut l'arrêter, sinon il recommencera avec d'autres filles...

– Il ne le fera plus, tu verras ! intervient Giuseppe. Avec toutes les beignes que lui a filées Alfonso !

– Qu'est-ce que tu crois ? Qu'il suffit de quatre mandales pour arrêter cette ordure ! Pendant quelques jours, il va rester chez lui à lécher ses plaies mais, après, il va se remettre à rôder avec son couteau, et il sera encore plus enragé, objecte Alfonso.

– Lucrezia a raison, et Alfonso aussi. Allez ! On s'habille et on va immédiatement porter plainte, ordonne mon oncle. Mario est au commissariat jusqu'à sept heures.

Nous bondissons tous sur nos pieds mais nous sommes arrêtés net par la voix de ma tante :

– C'est quoi ce « On s'habille » ? Alors comme ça on y va ? Et on n'avertit pas Marco ?

Mince alors ! Il faut qu'on avertisse papa et maman !

– Non, on ne va nulle part, poursuit-elle. De quel droit on déciderait ce qui est le mieux pour Lucrezia ? Nous ne sommes pas ses parents ! Certes il faut porter plainte, ça ne se discute même pas. Si Lucrezia était notre fille, nous serions déjà au commissariat. Mais elle ne l'est pas. En plus Carola est à l'hôpital et Marco est à Bruxelles. Qui, alors que pour eux la situation est déjà compliquée, va oser leur téléphoner et leur donner cette jolie nouvelle ? Qui va avoir le courage de dire à mon frère que sa fille, qu'il nous a confiée, se promenait toute seule dans la pinède à une heure du matin, sans qu'aucun de ses cousins ne l'accompagne, pendant que nous, nous étions tranquillement à la maison en train de dormir ? Ils vont venir sur-le-champ la reprendre et on ne se reparlera plus pendant encore dix ans.

Ça, je l'avais déjà imaginé. Qu'ils viendraient aussitôt me chercher. Papa s'emparant d'un avion de chasse à Bruxelles et maman le précédant au volant d'une ambulance. Tous restent silencieux. Puis mon oncle prend la parole.

– Tu as raison, Mariè. Tu viens tout juste de renouer avec Marco et tu tiens à ce que rien ne vienne gâcher votre relation. Ça, je le comprends. Et je comprends aussi que tu te sentes responsable pour ce qui est arrivé la nuit dernière. Mais ton frère est une personne intelligente et il sait que, bien que nous voulions protéger nos enfants de tous les dangers, nous ne pouvons pas être tout le temps et partout derrière eux. Est-ce que ça n'aurait pas pu arriver aussi à Milan ? D'autre part, il faut éviter, comme Lucrezia l'a dit tout à l'heure, que ce petit con puisse encore faire du mal. Nous ne sommes pas les parents de Lucrezia, mais nous sommes dans un cas d'urgence, alors c'est comme si nous l'étions. Il faut donc porter plainte sans attendre.

– Pourquoi vous ne laissez pas l'oncle Marco décider ? C'est lui le père… suggère Alfonso.

Je me retourne et je le regarde. C'est la première fois que je l'entends dire « oncle Marco ».

Ma tante secoue la tête :

– Moi, je n'ai pas le courage de l'appeler. Comment je fais pour dire pour le couteau et…

Mon oncle se lève et prend son téléphone.

– Je l'appelle. Au fond il peut nous dire deux choses, soit « allez vous-même déposer la plainte » ou « j'arrive et j'accompagne Lucrezia au commissariat ».

– Il pourrait aussi dire qu'il ne veut pas porter plainte, avance Giuseppe.

– On voit que tu ne connais pas mon Marco, dit ma tante, et elle sourit. Enfin elle sourit.

Je lui plaque un baiser sonore sur la joue. Puis il lui vient en tête quelque chose, parce qu'elle m'écarte brusquement et se lève. Elle crie :

– Tonino !

Mon oncle, qui est déjà au portail, se lève.

– Surtout dis bien à Marco de ne rien raconter à Carola, la pauvre a assez de problèmes comme ça.

Mon oncle approuve d'un mouvement de tête, puis il s'éloigne. Ma tante nous donne à tous les quatre un baiser sur la tête et s'en va faire la vaisselle.

Nous restons en silence, mais nous ne parvenons pas à saisir ce que dit mon oncle. Nous n'entendons que son ton tranquille qui tantôt s'approche, tantôt s'éloigne au fil de sa promenade téléphonique. Beaucoup de pauses, quand c'est papa qui parle. Qu'est-ce que peut dire papa ?

– Qu'est-ce que peut bien dire l'oncle Marco ? disent ensemble Giuseppe et Andrea.

Alfonso acquiesce comme s'ils lui avaient ôté les mots de la bouche.

C'est trop bizarre. Au début de ces vacances, je n'arrivais jamais à comprendre ce que pensaient mes cousins, maintenant on pense les mêmes choses.

Puis Giuseppe et Alfonso se disputent pour savoir qui sont les meilleurs, les carabiniers ou les policiers, mais ce sont des paroles en l'air, juste pour rompre le silence et tromper l'attente. Enfin mon oncle revient dans le jardin.

Mariella nous rejoint aussitôt, comme si elle était restée à la fenêtre à l'attendre.

– Tout est arrangé. Bien sûr il m'a demandé dix fois si Lucrezia allait vraiment bien et chaque fois j'ai dû jurer, d'abord sur la tête de mes enfants, puis sur celle de ma femme, puis sur celle de mes parents défunts, sur mon honneur, sur la patrie, et je ne me rappelle plus sur quoi d'autre, qu'elle n'avait même pas une griffure… mais à part ça, il a été très calme et objectif.

Ma tante pousse un soupir de soulagement.

– Pour la plainte, il dit qu'il veut s'en occuper lui-même. Il pense descendre et venir chercher Lucrezia d'ici une dizaine de jours, tout au plus. Comme ça il ira au commissariat. Entre-temps, il a ordonné le couvre-feu.

– Le couvre-feu ? Ça veut dire qu'on ne pourra plus sortir le soir ? demande Giuseppe, en pleine panique.

– Ça veut dire que nous observerons la plus grande prudence, ce que nous aurions fait de toute façon, même s'il ne nous l'avait pas demandé.

Donc, dorénavant Lucrezia ne sort qu'accompagnée de l'un de vous, et le soir, nous l'escorterons, nous, les adultes. Qu'est-ce que tu en dis, Mariè ? On ira à la discothèque comme quand on était fiancés.

– Toi, moi et Pippo à la discothèque, quel spectacle ! dit ma tante en rigolant.

– Non ! Ce serait un désastre, une catastrophe nucléaire, pire que l'incendie d'il y a deux ans, pire que le tsunami au Japon, pire que… se lamente Giuseppe, désespéré.

Mais Tonino l'interrompt d'une tape sur la nuque :

– Je te rappelle que tu as ta part de responsabilité dans ce tsunami. Essaye de te rattraper en étant impeccable jusqu'à la fin de l'été !

Puis c'est au tour d'Andrea de s'en prendre une :

– Et toi, *uagliò*, pas besoin de faire la pub de cette histoire partout dans Lesina.

Enfin, à Alfonso :

– Et toi, le chevalier sans peur et sans reproche, va soigner tes mains !

Puis il vient vers moi :

– Et toi, Lara Croft, tu ne lâches pas d'un pouce ces trois cornichons et surtout tu les protèges contre les affreux !

Et il me donne à moi aussi une tape sur la nuque.

Je souris : je n'aurais jamais imaginé qu'une tape sur la nuque m'aurait fait tant plaisir. Maintenant je sens que je fais vraiment partie de cette famille !

– Alors, qu'est-ce qu'on fait ? On va à la plage ? propose Giuseppe.

Nous prenons nos serviettes et nous disons au revoir à ma tante. Elle nous suit jusqu'au portail, puis elle attrape Alfonso par un bras :

– Alfò, qu'est-ce que ça t'a fait, de frapper ce gars-là ?

Quelle drôle de question…

– Ben, j'avais vraiment envie de sauver un innocent et de punir un coupable, tôt ou tard…

Quelle étrange réponse…

– Alors, maintenant, tu es en paix ? demande encore ma tante.

Alfonso fait un signe de la tête, qui me semble vouloir dire : plutôt oui.

Puis il donne à sa mère un baiser sur le front, et nous partons.

Le temps de faire trois pas et mon téléphone sonne. Je regarde l'écran : c'est papa !

CHAPITRE VINGT-HUIT

Martina et moi, nous avons rendez-vous au parasol de ma tante, avant d'aller retrouver les autres au bar. Maintenant nous sommes vraiment amies pour de bon et comme nous savons que nous n'avons que quelques jours avant l'arrivée de papa, nous sommes tout le temps ensemble. Aujourd'hui Pippo pleurniche, il s'accroche à moi, mais quand je le prends dans les bras, il se remet à chouiner et il veut aussitôt redescendre. Il est comme ça depuis le début de la matinée : ma tante prétend qu'il est grognon parce qu'il a une dent qui va sortir.

Alors nous jouons à coucou-bouh et, incroyable mais vrai, il me fait un superbe sourire. Martina essaye elle aussi et le voilà qui rit comme un fou. Enfin ma tante s'assied sur le transat : elle est revenue à Lesina, directement après sa nuit à l'hôpital et elle tient Pippo dans ses bras. Soudain, elle bondit sur ses pieds :

– Prends Pippo ! Et elle part en courant.

Nous nous apercevons seulement maintenant que quelqu'un pleure désespérément. Nous regardons autour de nous et nous voyons que c'est la petite Maria Paola, la fille de l'autre Maria, celle du parasol une rangée devant le nôtre.

La petite pleure comme une fontaine tandis que sa mère, chargée de sacs et de sachets et de serviettes de plage, regarde autour d'elle, embarrassée, et la gronde.

– Tais-toi ! Arrête ! Tu ne vois pas comme on nous regarde ?

J'ai remarqué que quand ma tante s'active ainsi, c'est qu'il se passe quelque chose d'intéressant.

Je dis à Martina :

– Allons, viens !

– Mais qu'est-ce que tu en as à faire, de ces trucs de mômes ?

– C'est que j'ai plein de trucs à apprendre, si je veux devenir la Sœur Parfaite.

– Qu'est-ce qu'il te prend, c'est le soleil qui t'a tapé sur le crâne ? D'abord tu critiques ta mère, qui est la Mère Parfaite, et après tu veux devenir la Sœur Parfaite ? D'après moi, t'as perdu la boule.

– Alors tu n'as vraiment rien compris ? Tu verras, chez moi, dès que mon frère ou ma sœur, bref, la peste sera née, la vie sera impossible. Ma mère deviendra dingue et sur qui ça retombera : sur moi, et sur moi seule, vu que papa est tout le temps absent. Sauf que si je suis la Sœur Parfaite, j'arriverai à sauver ma peau. Tu as compris, maintenant ?

Martina fait une tête de « pas vraiment ».

Nous nous mettons alors dans le sillage de tante Mariella. Pippo, solidement installé sur ma hanche.

– Oh ! Oh ! Maia Pala è pleue ! Pouquoi è pleue ?

Je tente une réponse :

– Je ne sais pas, peut-être qu'elle est tombée et qu'elle s'est fait mal.

– Peut-être qu'elle a fait un caprice et sa maman l'a assaisonnée comme il faut, tente à son tour Martina.

Pippo lève un doigt comme pour dire quelque chose d'important ; mais, comme il n'arrive pas à choisir entre les deux réponses, finalement il ne dit rien.

Ma tante ne s'est même pas rendu compte que nous l'avons suivie. Elle s'assied sur le transat de Maria, s'accroupit à la hauteur de la petite, la regarde dans les yeux, puis elle lui met doucement les mains sur les épaules et lui demande ce qu'elle a.

– Mal au ventre, pleurniche la petite.

Sa maman est encore là, debout, avec tous ses sacs autour d'elle.

– Tu parles d'un mal de ventre ! Depuis ce matin tu n'arrêtes pas de faire des caprices ! lui dit-elle en jetant autour d'elle des regards préoccupés.

Pippo lève le doigt et, satisfait, il annonce :

– Maia Pala mal au vente !

Ma tante prend Maria Paola dans ses bras et pose une main sur son ventre :

– Chhh, Maria Paola, c'est bon, ça. Tu le sais, que tante Mariella a une main magique ? Tu la sens comme elle est chaude, hein ?

Mais la petite continue à hurler et brusquement elle raidit ses jambes.

– Maria Paola, arrête *ammamma* ! Arrête de pleurer ! Plus tu cries et plus tu auras mal.

Maria, sa mère, se désespère :

– Non mais, tu vois un peu ce qui m'arrive ce matin !

Ma tante continue à masser le ventre de la petite qui se balance d'avant en arrière.

– Maria Paola, tu sais que quand j'étais petite, moi aussi j'avais mal au ventre tous les matins quand je devais aller à l'école ? Alors...

Maria Paola ne pleure plus, mais elle continue à ronchonner.

– ... ma maman pensait que je n'avais pas envie de travailler et elle me criait dessus. Mais j'avais mal au ventre pour de vrai. Jusqu'au jour où elle m'a amenée chez le docteur, qui a demandé ce que je prenais pour mon petit-déjeuner. « Une tasse de lait froid et des biscuits » a répondu ma mère. Alors il s'est fâché très fort et il a dit que le matin il ne fallait pas boire froid. Mais elle lui a répondu que Marco aussi buvait du lait froid et que ça ne lui donnait pas mal au ventre. « Alors c'est qu'il a un broyeur à ordures à la place de l'estomac », a dit le docteur. Tout en parlant ma tante lui chatouille le ventre.

Maria Paola fait un sourire.

Alors ma tante replace sa main bien ouverte sur son ventre et continue son histoire :

– Depuis ce jour-là, nous mangeons toujours au petit-déjeuner du pain avec de l'huile et des tomates. Et toi, qu'est-ce que tu as mangé aujourd'hui, à ton petit-déjeuner ?

– Un *bombolone* à la crème et du jus de fruit, répond la petite.

– Zuuu de fuiiii, confirme Pippo, comme s'ils avaient pris leur petit-déjeuner ensemble.

– On était en retard, alors on s'est arrêtées à la pâtisserie, explique Maria.

Mais ma tante ne se retourne même pas pour l'entendre.

– Laisse-moi écouter un peu ce qui se passe dans ce petit bidon !

Ma tante remet l'enfant debout et appuie son oreille contre son ventre.

– Hou là là !!! C'est la bagarre là-dedans ! Ecoute-moi ça : « Méchant jus de fruit, je ne te supporte pas, tu es vilain, tout sec et tout orange ! », « Et toi *bombolone*, gros balourd indigeste ! Je ne te supporte pas non plus. »

Maria Paola rit, Pippo aussi.

– Tu n'as pas envie d'aller aux toilettes ? demande ma tante.

– Je crois que oui, dit la petite et elle prend la main de sa mère.

– Quand ces choses-là arrivent, je ne sais vraiment pas quoi faire. Chaque fois je m'inquiète tellement que j'en vieillis de dix ans ! Merci, merci, Mariè, heureusement que tu étais là ! dit Maria. Et elle part avec sa fille vers les toilettes.

Nous retournons à notre parasol tandis que Pippo nous raconte à sa manière ce qui vient de se passer.

– Ma tante, comment tu as fait pour lui faire passer son mal au ventre ?

Je suis trop curieuse.

– Dis, tu as vraiment une main magique ? demande Martina.

– Les trucs du métier ! dit ma tante d'un air mystérieux.

Je demande encore :

– Du métier d'infirmière ?

– Non, du métier de maman. Et elle sourit.

– Bon, je vous apprends ce truc. Frottez-vous très fort les mains l'une contre l'autre. Allez, bien fort !

Martina et moi, on obéit, et Pippo aussi, qui fait un drôle de mouvement : tantôt il bat des mains, tantôt il les frotte et même une fois il dérape et s'envoie un coup dans la figure.

– Bien, et maintenant posez une main sur votre ventre.

– Mais, elle est chaude ! C'est trop bien ! dis-je.

– Elle est bouillante, ajoute Martina.

Et Pippo :

– Chô ! chôôô ! !

– Mais avec Maria Paola, tu ne t'es pas frotté les mains d'abord, j'ai pas l'impression.

– Bien sûr que je l'ai fait, mais je racontais mon histoire et vous suiviez mes paroles, pas mes mouvements.

Je suis sceptique.

– Et avec ta main chaude, tu fais vraiment passer le mal de ventre ? Il suffit de si peu ?

– Qu'est-ce que tu crois, grande bécasse ! C'est juste que les enfants expriment par le mal de ventre toutes sortes de désagréments, ou seulement un caprice ou une envie de câlins. La main chaude les tranquillise.

– Et si ça ne passe pas ? demande Martina.

– Ça pourrait être une appendicite et alors il faut opérer, répond ma tante avec un grand sérieux. Mais après elle rit.

Je lui demande encore :

– Pourquoi, quand on est revenus à notre parasol, tu avais cet air contrarié ?

Cette histoire m'intéresse beaucoup.

– Parce que Maria n'a pas fait la seule chose qui pouvait aider sa fille : l'écouter et lui faire un câlin. Au lieu de ça, ce qui la préoccupait, c'était que les pleurs de la petite l'empêchaient de faire son entrée sur la plage en montrant aux gens une image plus flatteuse d'elle-même. Quand je vois ça, ça m'exaspère à un point, je ne vous dis pas.

Donc, pour résumer, si je veux devenir une sœur +++, je dois me rappeler qu'il faut écouter, câliner et se servir du truc de la main chaude. Oui, je veux vraiment devenir la Sœur Parfaite !

– Et maintenant les filles, de l'air ! De l'air ! Allez retrouver vos copains. Je sens que j'ai très mal au ventre, alors maintenant Pippo me fait la main chaude et je n'aurai plus mal ! Vrai, Pippo ?

– Mal o vente passé vite vite ! dit Pippo le doigt levé.

Mon portable fait son cri de grenouille : j'ai un message.

Je lis sur l'écran :

Slt Lukrezia. TVB ? Je suis rentré de la mer ojourd8. É toi T ou ? Qd tu revi1 on se fé 1 glace toi & moi ? Ricky.

Je hurle :

– Oui ! Oui ! Oui ! J'y crois pas ! Aujourd'hui c'est trop bien ! Tout est trop bien !

– De qui c'est ? Il y a écrit quoi ? Allez, fais-moi lire, réclame Martina.

Je lui crie dans les oreilles :

– C'est de Ricky ! Je l'attrape par le bras et je l'entraîne avec moi sur les planches.

– C’est de Ricky, répète ma tante, sans même savoir qu’elle est en train de prononcer un nom super trop magnifique.

– Qui c’est Ikki ? demande Pippo.

– Des histoires de filles, répond sa mère, elle nous fait un salut de la main.

CHAPITRE VINGT-NEUF

Aujourd'hui, en rentrant de la plage, je me suis arrêtée devant un des étalages sur la promenade. Je voulais acheter quelque chose pour mes cousins. Je regardais des bracelets quand j'en ai vu un qui était juste bien pour moi. Un bandeau de plastique bleu clair où était gravé *Give me five*. J'en ai pris cinq et j'ai hâte de les leur donner. Ma tante a l'air d'être en retard pour le déjeuner, alors j'en profite.

– Eh, les cousins ! J'ai quelque chose pour vous !

Je remets un bracelet à Alfonso, un à Giuseppe, un à Andrea, un je le prends pour moi, et le dernier je l'enfile au poignet tout potelé de Daniele. Mon gros bébé préféré exulte :

– Oh, bacelet !

Un peu émue, je leur explique :

– Je les ai achetés parce que… parce que comme ça… eh bien le cinq à partir de maintenant c'est notre chiffre et parce que… nous sommes cinq !

Ils sourient et me remercient, mais sans faire de commentaires. Disons que je m'attendais à un peu plus d'enthousiasme, j'étais si contente quand je les ai achetés !

Je m'assieds à côté de Pippo, le seul qui soit vraiment ravi de mon cadeau.

– A quoi tu penses, Lucrè ? Tu en as assez d'être ici ? demande mon oncle.

– Non, au contraire. C'est que je pensais que… que dans quelques jours papa viendra me chercher… voilà, c'est tout.

Je ne sais pas trop comment je me sens : j'ai très envie de voir maman et papa mais en même temps je regrette que ces vacances bizarres se terminent bientôt. Au début, ça a été dur, et puis la nuit dans la pinède… mais maintenant je me sens vraiment bien chez vous. Je dois aussi rentrer avant que… oui, avant que Ricky oublie qu'il m'a invitée à prendre une glace.

– Ouais, à Milan avec la canicule, ce doit être un délice ! dit mon oncle et il a un air qui dit exactement le contraire.

– A Milan, enfermée à la maison avec l'air conditionné… je t'envie ! Tu perdras tout de suite ton bronzage, belles-cuisses ! Tu vas peler lambeau après lambeau, dit Giuseppe.

– Et tu redeviendras blanche comme quand tu es arrivée. On aurait cru la mariée des *Noces funèbres* ! dit Alfonso et tous deux ricanent comme des tordus.

– Pendant que nous on est ici à se vautrer sur la plage jusqu'en septembre ! ajoute Andrea.

Mais qu'est-ce qu'ils ont tous aujourd'hui ?

Ma tante, heureusement, intervient :

– Laissez-la tranquille. Qu'est-ce que vous avez, tous ??? Il est normal, après avoir vécu un certain temps ensemble, qu'on ne se supporte plus et que chacun ait envie d'être un peu seul.

Je tente d'objecter :

– Heu… moi… pas du tout…

Mais ma tante me coupe la parole :

– Hé, *azzia*, ne me dis pas que tu te languis de ton *Arricky* ?

– Hé, la mariée des *Noces funèbres*, viens me donner un baiser !

C'est Alfonso, qui fait les yeux doux à Giuseppe.

– Ouiii… Ouiiiii… blanche mozzarella de mon cœur ! lui répond son frère sur le même ton.

Alors je comprends.

– Oh, mais ça ne serait pas vous qui n'avez plus envie de m'avoir dans vos pattes ?

Tous se taisent et baissent les yeux d'un air coupable.

– Vo pattes ! dit Pippo, qui tire sur son pied et le montre à tout le monde.

Après quoi, comme dans les films, un silence épais tombe sur le jardin. Vous voyez la scène ? Chacun se trouve une occupation parfaitement inutile. Je prends mon livre. Seul Giuseppe trouve le courage de dire :

– Hé ! Quand est-ce qu'on mange aujourd'hui ?

Ma tante est rentrée dans la maison et elle ne répond pas.

Si on ne mange pas, tant mieux. C'est comme s'ils m'avaient noué l'estomac et serré à double tour sous la gorge. Je me sens trahie. C'est injuste. Après tout ce mal que nous nous sommes donné pour nous connaître et nous apprécier.

La sonnette retentit. Aucune réaction. A croire qu'ils ne l'ont même pas entendue. Je dis :

– On a sonné !

Mais personne ne lève la tête. Je me tourne vers le portail et… papa est là ! Et maman ! Et aussi ma nounou Emma !! Je cours vers eux pendant que quelqu'un appuie sur l'interphone. Papa entre et me serre très fort, puis maman nous entoure tous les deux et nos bras, nos cheveux, nos baisers s'entremêlent. Nounou Emma reste en retrait mais elle sourit, de son sourire spécial qui est comme si elle m'embrassait. Je crie :

– Vous m'avez joué un tour ! Bravo pour la surprise !

– Ouiii !!! crient en chœur mon oncle, ma tante et mes cousins.

Et pendant que j'embrasse Emma, je dis à mes parents :

– Bravo à vous aussi !

– On s'était tous mis d'accord. Elle t'a plu, la blague ? demande papa.

Je demande à maman, en mettant ma main sur son ventre :

– Comment ça va ?

On voit déjà un peu qu'elle est enceinte.

– Bien, tu m'as tellement manqué, ma Lulu.

Puis elle me murmure à l'oreille :

– Papa m'a tout raconté, plus tard on en reparle toutes les deux, calmement.

J'acquiesce.

A moi aussi, ma mère m'a manqué, beaucoup, même, je ne m'en rends compte que maintenant qu'elle est ici avec moi.

Puis c'est tout un tourbillon d'embrassades. Ma tante se jette sur papa et l'étreint, puis sur maman, qu'elle serre fort, très fort, elle lui demande comment s'est passé le voyage et maman dit que le docteur lui a interdit d'aller trop loin à pied, mais pas en voiture, puis elle embrasse ma nounou Emma comme si c'était une parente, alors qu'elle ne la connaît même pas. Puis c'est au tour de mon oncle, suivi d'Andrea et de Giuseppe. C'est tout un chœur de : « Comme tu as grandi ! », « Comme vous vous ressemblez ! », « Que c'est beau de vous revoir ! ».

Alfonso attend son tour. Il ne fait pas un pas en avant. Il est immobile.

Dans mon ventre, je sens quelque chose qui tremble. Papa s'avance et s'arrête devant lui :

– Comment va l'aspirant pilote ? Tu es prêt pour l'Académie, prêt à y mettre toute la gomme ?

Alfonso le dévisage en silence, il bouge lentement sa mâchoire de droite à gauche comme s'il était en train de se demander quelle réponse lui décocher comme une droite au menton :

– S'ils ont accepté un type comme toi, sûr qu'ils en prendront un comme moi !

Papa lui effleure l'épaule de son poing :

– Ça reste à voir !

Alfonso lui répond par le même coup de poing, bien plus fort. Papa, des deux mains repousse ses épaules, lui recule mais aussitôt se reprend et pousse papa de la même façon, mais plus fort. Papa s'avance vers lui et le serre dans ses bras, lui essaye de se dégager mais après il le serre lui aussi (vous savez ces étreintes entre cow-boys qui n'ont rien à voir avec celles, pleines de douceur, entre femmes ? Exactement ça).

Et mon ventre arrête de trembler.

Daniele sur sa chaise haute, hurle de toutes ses forces :

– Pippo ! Un bisou ! Un bisou ! Il montre son poignet tout potelé, mais personne ne le regarde. Enfin ma tante le prend dans ses bras, comme ça tout le monde peut lui faire des papouilles et le complimenter pour son joli bracelet. Quand Pippo voit maman, il reste bouche bée. Il me regarde, puis il la regarde à nouveau, tend le doigt vers elle et dit :

– Kessia gande, et, comme nous nous mettons tous à rire, il ne s'arrête plus de le répéter.

Nous nous asseyons autour de la table et je vois apparaître, comme par miracle, trois couverts en plus. Papa et maman me racontent qu'ils ont loué pour deux semaines un appartement tout à côté et que c'est mon oncle qui l'a choisi. Emma est venue aussi parce qu'à Milan elle se serait ennuyée sans nous et comme ça elle pourra aider un peu, vu que maman doit se reposer le plus possible.

– Et puis j'aurai le plaisir de garder Daniele quand vous sortirez dîner, ajoute-t-elle.

– Sortir dîner ? demande ma tante, perplexe.

– Mariè, nous avons organisé tout ce cirque exprès pour pouvoir aller manger du poisson en paix tous les quatre ! lui explique oncle Tonino. Ma tante est si émue qu'elle devient toute rouge.

– Au fond c'est seulement depuis la naissance d'Alfonso que nous ne sommes plus sortis tous les deux, non ? commente mon oncle et elle lui donne un baiser sur la tête, juste sur sa calvitie.

– J'ai tellement de choses à vous raconter…

Je me lance, mais je ne sais plus par où commencer.

– Nous avons tout le temps pour raconter les histoires, maintenant, c'est l'heure de manger ! dit Giuseppe. C'est comme une formule magique. Ma tante part dans la maison et revient en déposant sur la table un gratin d'aubergines à la parmesane.

– Mariè, je t'adore ! dit papa, parce que c'est son plat préféré.

Mon portable coasse et seulement maintenant je me rappelle qu'il va falloir que je reporte mon rendez-vous chez le marchand de glaces. Je soupire. On ne peut pas tout avoir dans la vie.

CHAPITRE TRENTE

Alors, n'avais-je pas raison de dire que l'été qui vient de passer serait l'été de ma vie ?

Et voici comment :

1. Quand je suis revenue, je suis allée directement manger une glace avec Ricky, seulement je me suis rendu compte tout de suite qu'il était beaucoup moins grand que je croyais, ou alors c'est moi qui ai grandi entre-temps, je ne sais pas. En plus, on ne savait pas quoi se dire. J'avais la tête pleine d'histoires, mais c'étaient des histoires à raconter à mes meilleures amies, pas à un garçon. Après ça, on n'est plus sortis tous les deux seuls. Et puis, il a le rugby, moi le karaté, alors... Le plus bizarre, c'est que ça ne m'a pas rendue triste, même pas un peu. Et après, à la rentrée, est arrivé dans ma classe un garçon qui s'appelle Mattia...

2. Au premier entraînement, notre *sensei*, c'est-à-dire notre maître de karaté, nous a dit tout de suite que l'objectif pour cette année est d'avoir une médaille aux finales nationales. Il n'a pas l'intention d'accepter des moments de laisser-aller, des absences injustifiées, des désistements pour motifs scolaires (et il a regardé Isabella). Il a demandé qui se sentait prêt à tenir de tels engagements et nous, toutes les huit, nous nous sommes mises debout. Alors il nous a demandé de sceller notre pacte par notre cri et il a tendu les mains en avant. Nous avons posé nos mains sur la sienne et nous avons crié en expulsant tout l'air que nous avions dans les poumons : NOÏ !!!

Si par hasard vous ne faites pas de sport, ça vous paraîtra exagéré, mais je suis si contente de m'entraîner quatre fois par semaine, de me coucher tôt, même le samedi, et de renoncer aux classes de neige pour arriver à remporter une médaille !

3. Maman n'arrête pas de gribouiller. Elle veut redessiner le plan de l'appartement, pour faire de la place au petit (eh oui, c'est un garçon !!!), mais elle

veut garder l'espace avec le canapé-lit pour Emma. Papa dit qu'il lui faudrait au moins deux paires de baguettes magiques mais elle répond qu'elle demandera son avis à tante Mariella, qui est la seule personne capable de faire sortir des lits des meubles.

4. Et maintenant, écoutez bien : Giuseppe a laissé tomber la bombasse Francesca et maintenant il sort avec… devinez qui ? Martina ! Alors qu'on est déjà en septembre, ils sont encore amoureux dingues, et elle m'écrit de longs e-mails pour m'expliquer qu'elle l'aime trop…

5. Papa s'est mis d'accord avec Alfonso pour qu'il vienne chez nous aux vacances de la Toussaint, comme ça il l'emmènera visiter je ne sais quelle base aéronautique. Isa, Giò et Patti sont déjà trop excitées et discutent de ce qu'elles vont se mettre le jour de la rencontre.

Autre chose : mon père lui a interdit de s'inscrire à la boxe, il dit qu'il doit garder un physique impeccable pour l'examen d'admission à l'Académie.

Heureusement ! Je m'inquiétais vraiment à l'idée qu'il puisse abîmer sa gueule de bogosse !

6. Ah, j'oubliais le plus important. J'ai décidé quel métier je ferai quand je serai grande : écrivain, comme mon amie Jo dans *Les Quatre filles du docteur March*, ou comme ma nouvelle amie, Marie-Aude Murail qui a écrit *Oh, boy !* Ou comme mon autre amie Stephenie Meyer qui a écrit toute la saga des *Twilight*. Ou alors archéologue, pour pouvoir raconter les merveilles que j'ai trouvées dans quelque désert impraticable et les mystères de l'Antiquité que je suis parvenue à dévoiler. Ou alors détective, pour ensuite raconter comment j'ai résolu les plus sombres énigmes. En fait, mon métier ce sera : raconteuse.

7. Tarzan, après qu'on a porté plainte, a été placé dans un centre d'éducation surveillée. Tonino a téléphoné à mon père pour lui dire que l'enquête des carabiniers a établi que dans la famille de Tarzan – « que l'on ne peut pas vraiment appeler une famille » a-t-il précisé – les violences étaient

habituelles. C'est pourquoi sa petite sœur a été confiée à une famille d'accueil. Mon oncle dit qu'il n'est peut-être pas trop tard pour changer sa vie et celle de son frère.

8. Enfin : nous n'avons pas encore choisi de nom pour le petit frère qui est en route. Mamie Ingrid propose Herbert, mais papa dit que ça lui rappelle *Un amour de Coccinelle*, un vieux film, de quand je n'étais même pas née. Tante Evelina dit qu'Océan est le prénom le plus tendance chez les VIP et qu'il est poétique, très beau et plein de bonnes ondes mais papa dit que les seules ondes que ça lui inspire, c'est le risque que l'enfant, quand il sera grand, devienne navigateur solitaire et, d'après lui, tous les navigateurs solitaires sont cinglés.

De Foggia m'arrivent les suggestions suivantes : Alfonso propose Jan, parce que c'est le pilote des *Flèches Tricolores* qu'il préfère, Giuseppe suggère Leone, parce que ça sonne bien avec le nom de Monteleone, Andrea dit Giovanni, mais seulement parce que c'est le nom de son meilleur ami, ma tante dit Jacopo parce que c'est aristocratique comme Lucrezia, mon oncle dit Tancredi parce que c'est le personnage principal d'un film, *Le Guépard*. Pippo ne dit rien. Maman et papa répètent que c'est moi qui choisirai le nom, en tant que sœur aînée.

J'ai les idées très confuses : chaque jour je me réveille avec un nom nouveau dans la tête, puis je vais trouver maman, j'essaye de le prononcer devant son ventre et je sens que ce n'est pas le bon.

Vous ne voudriez pas m'aider un peu ? Pensez-y et faites-moi vos suggestions. Un beau nom, surtout ! Un nom digne d'une Sœur Parfaite !

Autres titres disponibles
dans la collection Hibouk :

Shola et la tante d'Amérique, Bernardo Atxaga
Shola et les lions, Bernardo Atxaga
Anton se jette à l'eau, Milena Baisch
La Force du Berger, Azouz Begag
Ce cahier est pour toi, Valérie Dayre
La Légende du Roi errant, Laura Gallego García
Anna annA, Lukas Hartmann
Un si long nez, Lukas Hartmann
Docteur Parking, Franz Hohler
Dom do dom ! Ervin Lázár
Mado m'a dit, Christophe Léon
Kurt courrier de cabinet, Erlend Loe
Kurt et le poisson, Erlend Loe
Les A.U.T.R.E.S., Pedro Mañas
Seul avec mon chien, Beatrice Masini
Mister Orange, Truus Matti
Le Voyage de Samson, Annette Mierswa
Le secret de Cagliostro, Angela Nanetti
Les Compagnons de la Pluie, Angela Nanetti
Les Mémoires d'Adalbert, Angela Nanetti
Lillelu et Bulibar, Svein Nyhus
Maarron, Håkon Øvreås
Histoires au téléphone, Gianni Rodari
La Flèche bleue, Gianni Rodari
Matilda à l'heure d'été, Marie-Christophe Ruata-Arn
Voyage autour de mon nom, Alice Vieira

A propos de l'auteur :

Gigliola ALVISI

Gigliola Alvisi habite à Padoue. Mariée, mère de deux grands enfants, elle travaille dans une joaillerie et anime de nombreux ateliers d'écriture pour enfants. Elle a remporté en 2011 le prix Bancarella section jeunesse et le prix Mazzara en 2004. Elle est auteur de plusieurs livres pour la jeunesse.

Trop parfaite ! a gagné le prix Annamaria Castellano 2012, attribué par un jury de 2000 collégiens.

Les Editions La Joie de lire bénéficient d'un soutien de la Ville de Genève
sous la forme d'une convention de subventionnement.

Titre original : *Non sono una bambola !*

Pour la présente édition en français :

5 chemin Neuf - CH - 1207 Genève
ISBN : 978-2-88908-153-0
Dépôt légal : janvier 2013
Troisième édition : novembre 2016
Imprimé en Allemagne

Mise en page : Pascale Rosier